JN046069

ワンチャンスをものにする

～素直な心で強く思い続ける～

弁護士 井上晴夫

まえがき

生まれ育った大阪の地を離れ島根県に移住してから彼これ20年近くが経ちました。自己の存在を常にアピールしながら生存していく大阪の地とは正反対の島根の地で、最初は文化、風土の違いに戸惑いながらも妻や周りの人の助けを借りながら、曲がりなりにも島根県に馴染んでいくことができてきました。

自分自身に流れる大阪人のＤＮＡを感じつつ、この変えることのできないＤＮＡを前提としながらこの地で生きていくためにはどうしたらいいのか。その答えが、島根の人々のことを理解し、島根の人々のお役に立てるように仕事をしていくことでした。

２００５年に司法修習生として島根県松江市に赴任し、翌年に弁護士登録、早くも

2008年に独立し、井上晴夫法律事務所を開業することができました。

とにかく、クライアントのお話をしっかりお聴きし、可能な限りその要望に沿えるようにする解決策はないかを模索しました。仮に法律上その要望にお応えするのが難しい依頼であれば、法律以外で何らかのことができないか、クライアントのお話をとにかく聴きながらその解決策を見つけ出せるように寄り添いました。中には、話を聴いてもらえるだけで納得し、安心される方もいました。まず最初に、人の話を聴くことがいかに大事なのかを実感しております。

そうしてできた私の事務所の社是が

「お客様に安心と元気、そして笑顔をご提供します」

です。

弁護士の仕事はクライアントの法律問題を解決することが第一です。医者が病気を治すのと同じです。ただ、それは確かに正しいのですが、究極的にはその方に安心してもらって、元気な気持ちになって次に進めるようにお手伝いすることではないでしょうか。

そのためには、クライアントが真に求めていることは何なのかを掴むことが大切です。弁護士としての経験だけではなく、日々の人生でどのようなことを考えて生きてきたのか、培った感性が生きてくるのだと思います。弁護士としてのスキルを磨く前にまずそこだと思います。

この本は、私が顧問先企業様に向けて毎月送付しておりますお便りを編集しブラッシュアップしてエッセイ風に綴ったものです。私が弁護士として日々感じ考えたことを毎月書き溜めてきました。むしろ、弁護士としてのお話よりも、一人の人間が人生を生きていく中で経験したり感じたことが中心になっています。また、私自身が弁護士事務所を経営しているので、「弁護士」という以上に、「経営者」としての視点から述べたものが多くなっています。

もともとは経営者向けに書いたものですが、人生の様々な場面に立ち返って執筆しておりますので、経営者のみならずそうでない方々にもお読みいただけるものと思います。この本が一人でも多くの方のお役に立てると喜びます。

2023年3月

弁護士法人井上晴夫法律事務所　創業15周年に添えて

創業者　井上晴夫

目　次

第2章 経営者としての自覚

第3章 経営者の心 ~人生の洞察を踏まえて~

第4章 コロナ禍で考えたこと

第1章

人生の機微に触れる

※文章タイトルの後に括弧で付けた年月は、文章を掲載した事務所便りの発行年月を示します。

1、人生には表と裏がある（2019年3月）

弁護士業をやっていると、様々な方の人生の機微に触れる機会が多いです。「まさかこんな立派な方が…」というのはありがちな相談です。

私が弁護士という仕事をしていて常々感じるのは、人生には、常に表と裏があるということです。

そして、「真面目なキャラクターの方ほど、あるいは、社会的なお立場のある方ほど、表と裏の差が激しい」とも感じます。

だけど、私はそれが恥ずべきことではなく、「それが人間という生き物。そうやって自分のバランスをとっているのだ」と思います。分かりやすい例で言えば、経営の神様と呼ばれる故・松下幸之助さんの書籍を読むと、まるで聖書のような素晴らしいことが書いてあって、経営者の皆さんが松下さんの本で必死に勉強しておられます。

けれども、松下さんが亡くなってみたら、松下さんには婚外子が4人もいました。松下さんですら、そうやってバランスをとっておられたのだと思います。

日産自動車の会長だったカルロス・ゴーン氏の事件も通ずるところがあるかと思います。もちろん、カルロス・ゴーン氏の事件は刑事責任が成立するなら、それ相応の罰を受けてもらわないといけませんが、あれだけ大きな権限を握っていたことの裏の面、バランスをとった結果なのだと思います（行き過ぎなので別の意味でバランスが崩れていますが…）。

我々弁護士の出来ることは、間違いを叱責するのではなく、ご本人のしたことや心を受け入れて、これからどうするのか、あるいは、取り返しのつかないことになる前で止めてあげて、これから先のことを一緒に考えることかと思います。100点満点の人間なんてそういるものではありません。誰もが何か負い目や人に言えないことを抱えながら生きておられるのだと思います。

※今回の記事はカルロス・ゴーン氏が日本国外に逃亡する前に執筆したものです。

2、ラクダの一藁（2019年5月）

皆さんは、西洋の諺で「ラクダの一藁」ということばをご存知でしょうか。ラクダとは飄々と灼熱の砂漠を歩く動物のラクダのことです。飄々として重たいものを担いであの灼熱地獄の中を歩いていく。どんなに重たいものを背負っても苦渋の顔をしない。ところが、その重たい荷物の上に最後にたった一藁、細い紐のようなその藁を一本乗せた。すると、そのラクダの足が木っ端微塵に砕け散ってラクダが地面にパタッと倒れたというお話です。

皆さんは、この話を聞いて思い当たる節はありませんか。客観的にみれば、「こんな軽いもので?」と思えるものであっても、その人がこれまで耐えてきた苦難が許容範囲に達していて、ほんの少しの負荷がかかっただけでも許容範囲を超えてしまい、一気にバタバタと倒れてしまうという状態です。

日本人の特性として、「諦めない。投げ出さない。粘り強い」というのが挙げられると思います。特に責任感の強い人、たくさんの人の人生を背負ってその肩に重い責任がかかっている人ほど、粘り強く、投げ出さずに仕事や家庭生活に取り組んでおられることかと思います。

しかし、そういう方ほど、自分の許容量を超えて責任を背負ってしまい、ある時、ほんのちょっとしたトラブルや、他人の何気ない一言などで一気にガタガタと崩れ落ちてしまい、場合によっては自殺する人さえもいます。最後の崩れ落ちたきっかけとなった出来事だけみれば大したことはなくても、それまでに溜め込んできたストレスなどが限界に達していて、復活するまでに相当の困難を要してしまうことがあります。たくさんの責任を背負っている方が壊れてしまった場合、周りへの影響は計り知れないくらい大きいです。だからこそ、壊れる前に自衛策を取らないといけません。

3、息子に賭けた親の思い（2019年11月）

・業績と従業員の健康の調和

皆さんは、居酒屋をチェーン展開する㈱湯佐和という会社をご存知でしょうか。創業者である父が急逝し、息子である湯澤社長が期せずして会社を継いだところ、会社には40億円の負債があり、25億円の債務超過だったそうです。この会社の負債を、民事再生など債務カットの手続きを用いず自力で完済したということで、マスコミなどで最近取り上げられることの多い会社です。湯澤社長は経営者の雑誌に毎月記事を連載しておられ、私はその読者の一人です。

先日の記事でこんな話がありました。約10年前、社長が頼りにしていた一人の板前さんが持病だった糖尿病の悪化により50歳手前で亡くなったそうです。

とても献身的に働く板前さんだったそうですが糖尿病が悪化し、仕事を休むことが増えてきたそうです。社長は、治療で病院に行くのを嫌がる板前さんを何とか説得して連れて行ったこともあったそうです。

そんな板前さんが忘年会シーズンの年末に、復帰を申し出てくれたそうで、復帰を許可した会社は大繁盛のうちに年を越せたそうです。しかし、無理が祟ったのか年明けから入院しそのまま帰らぬ人となったそうです。

死因は持病が悪化したからで会社に責任はないでしょう。しかし、社長はこれは自分のせいだと思われました。つまり、職場復帰の希望を聞いた時、言葉では板前さんの体調を気遣いながらも、社長の頭に真っ先に浮かんだ思いは「これで忙しい忘年会シーズンを乗り切れる」という自分本位の発想だったからです。「利益欲しさに現場に無理を強いた。金銭を追って人材を軽視した報いだ」と思ったそうです。

・親方へ捧げる職人としての最後の力

利益が出ないと会社が倒産してしまう恐れがある訳ですから、腕がよく現場もまとめられる板前さんが復帰してくれるなら、経営者としては会社と従業員を守るためにも一面として正しい判断だったと思います。

しかし、湯澤社長は、これにより従業員の命が奪われたこと、人の命より大事なものはないのに、それをお金のために見過ごしてしまったことを悔いておられるのだと思います。

他方で私はふと思ったことがあります。この板前さんは自分の死期を悟っておられて、慕っている親方（社長）のために自分の最期の力を振り絞って、親方に自分の力を捧げようとされたのではないかと思ったのです。「男気」という言葉で言い表していいのか分かりませんが、仕えている親方のために自分の力を出し切ったのだと思います。

・大人になって分かった親の苦労

この話を読んで、私は自分の母親のことを思い出しました。母はいつからか分かりませんが、糖尿病の持病を持っていました。私が高校生の頃には、医者から入院を勧められていたようですが、入院をせず大阪市の公務員として勤務を続けていました。今考えると、糖尿病の病状はあまり良くなかったのかもしれません。私が大学に入学して1年生の夏休みが終わってすぐの頃です。母に悪性リンパ腫が発見されました。おそらく糖尿病から併発したものだと思います。結局1年半の闘病後、私が20歳になった後のひな祭りの日に亡くなりました。この年は阪神大震災やオウム真理教のサリン事件が起こった年でしたが、私達家族は母のこと以外に頭が回る状態ではありませんでした。

後で父から聞いたところ、私の学費を捻出するために、母は多くの保険を解約しその直後に癌が発覚したそうです（もちろん、癌の罹患や死亡により受給できるはずだった保険金は殆ど受け取れなかったそうです）。そんなことを露知らず大学生活を送り、毎月仕送りが送金されてくることを当たり前のように考えていた私は、自分の愚かさに愕然としました。

・息子に賭けた親の思い

私が通っていた高校は、大阪府内の所謂「公立トップ校」と呼ばれる部類の学校で、周りは京大、阪大、神大を第一志望にする生徒が殆どでしたが、ひねくれ者の私は、関西の大学に行く気はなく、「東京の大学に進学して司法試験を受けたい」という目標をもっていました。

つまり、私の希望を叶えるなら、「お金がかかる」ことは明白でした。母からは、「お金のことは考えなくていいから、一生懸命勉強しなさい。その代わり浪人は許さない。東大でも早慶でも、希望の大学に落ちたら高卒で大阪市の公務員になりなさい」と言われました。

母親からの全面的なバックアップとともに、あとのない強烈なプレッシャーをかけられた私は、第一志望ではなかったものの、現役で慶応義塾大学の経済学部に合格し、晴れて東京の大学に進学することができました。今考えると、母は自分の健康を犠牲にして、自分の身を削ってでも息子の夢を叶えてあげようとしていたのかなと思います。私が高校生の時に入院して糖尿病の治療をしていたら、母は癌にならなかったのかも知れませんし、寿命はもう少し延びていたのかも知れません。私の人生は母の思いが詰まっているのかな、息子の成長を思う母の気持ちが私のその後の人生に込められているのかなと思います。私の人生は、妻子だけでなく、親の思いも詰まったものなのだと改めて感じた次第です。

私の実家の仏壇の傍には、母の写真とともに、私の司法試験合格証書も一緒に飾ってあります。実家で仏壇に手を合わせ、母の写真と司法試験合格証書を眺めるたびに、9回受けた司法試験の辛さを思い出すとともに、それを支えじっと私を見守ってくれた両親のありがたさを感じずにはいられません。特に父は、母が亡くなり、弟も結婚して家を出た後、私の受験勉強を支えてくれました。大阪で一人暮らしをする父に、これからどうやって恩返しをしていこうか、自分で悔いのないようにしたいと思います。

4、父親としてどう生きるのか（2020年3月）

・墓参りの意味

私にとって、3月上旬は母の命日というイメージがあります。母が亡くなって早や25年、私が母と過ごした年月よりも母が亡くなってからの年月の方が既に長くなりました。不思議と母の姿は私の脳裏にはっきりと焼き付いています。親子というのはそういう絆が自然と形成されるのでしょうね。

先日は、大阪に帰省し墓参りをしてきました。

お墓参りというのは、御先祖様に思いを致し敬う大切な行為です。お盆やお彼岸に限らず、人々は足繁く墓参りをします。

ただ、最近は墓参りをしない人が増えてきて、荒れているお墓も散見されるようになりました。また、永代供養をして、個別のお墓を作らない人も増えています。

このような状況の中、現代の人々にとって、お墓参りはどういう意味を持っているのでしょうか。人々はなぜお墓参りをするのでしょうか。

お墓参りをしたところで目に見えてこれといったメリット、御利益がある訳ではありません。あるいは、御先祖様を粗末にしたら祟りがあるのではないかという強迫観念に迫られて墓参りをする人もいるでしょう。

私なりにお墓参りの意味を考えてみたところ、私の場合は墓参りをすることで母と会話でき、近況報告など他愛もないことを話ながら心が自然と落ち着く感覚をおぼえます。つまり墓参りには心の静謐を得る効果があるようです。目的は特に意識しておりませんが、敢えて言えば母と会うため、そして、ご先祖様を大切にするためでしょうか。我が家のお墓は母しか入っておりませんが、これから私も含めて井上家の人間が入っていくことになります。私の子供たちには、「今のパパがあるのはおばあちゃんがいるからだよ。パパがいなかったらみんなも生まれてないんだよ」と話していきます。自然と先祖を大切にする文化を我が家の中に根付かせたいと思います。

・家族の中での妻・母親の存在感　男にとっての生き甲斐

2月上旬の日曜日の朝のことでした。私はゴルフに行くため自宅で朝食を摂りながらテレビをつけました。そうすると、NHKで野村克也氏（ノムさん）と息子の野村克則氏（カツノリ）が出演しておられて、数年前に亡くなった妻の野村沙知代氏（サッチー）のお話をしておられました。「男は妻に先立たれるとすぐに弱ってしまう」とはよく言ったもので、正直なところ、サッチーが亡くなってからのノムさんの衰えは、見た目にもはっきり分かります。「男はいくつになっても男なんだ」と思うとともに、男にとっていかに嫁さんが大事なのか思い知らされます。ノムさんファンの私としては、急速に衰えるノムさんを見ながら、「少しでも長生きして欲しい」と祈るしかありません。

・父親としてどう生きるのか

他方で、ノムさんには野球を通じた仲間がたくさんいて、教え子達の存在が支えになっているのではないでしょうか。そして、ノムさんがカツノリに、「父親として何か役に立ってやりたいけど、何をどうしたらいいのか分からないんだ」と言ったところ、カツノリは、「いるだけで十分だよ」と呟きました。私自身は子育て中で、子供たちをどう育てていけばと悩みは尽きませんが、息子として父親を見た時、まさにカツノリと同じく、自分の父親には元気で生きていてくれることが何より嬉しいのです。何かして欲しいという訳ではありません。25年前に妻に先立たれても、今も元気でいてくれる私の父親には、「とにかく元気でいてくれればいい」そういう気持ちになります。

そして、自分で言うのも何ですが、妻に先立たれて弱りそうなところに、「いつ司法試験に受かるか分からない息子」を何とかして弁護士にするために、私の父親は元気を振り絞って応援してくれたのだと思いますし、父親としての生き甲斐の一つになったのではないかと思います。

ノムさんも、カツノリを立派な野球人に育て、そしてたくさんの野球界の教え子達に囲まれて、人生を全うされるのではないか、そう思います。私自身も、自分の父親を大切にするとともに、一人の父親としてしっかりと地に足をつけて生きていきたいと思います。

※今回の記事は、ＮＨＫの番組を視た翌日に執筆したものです。野村克也氏の生前のことです。２０２０年2月11日の朝、野村氏の突然の訃報を受け、内容を変えるのか悩みましたが、男としての生き様、家族というものへの思いを込めて執筆したものですので、そのまま掲載することにいたしました。野村克也氏のご冥福を心よりお祈り申し上げます。

5、福澤諭吉のルーツを訪ねて（２０１６年3月）

・福澤諭吉旧居・記念館を訪ねて

私は高校卒業後、現役で慶應義塾大学の経済学部に入学させていただきました。当時から弁護士を志していましたので法学部に入りたかったのですが、訳あって経済学部に入学しました。今では、「経済学部出身の弁護士」と堂々と言える訳ですから、人生何が幸いするか分かりません。物事には二面性がありますから、置かれた状況からいかに奮起するかが大切ですね。

さて、1858年創設である慶應義塾の創設者は誰でしょうか?

一万円札の肖像画に使われている福澤諭吉先生です。そして福澤諭吉先生の旧居・記念館が大分県の中津市にあります。先月のことですが、私は大分県に出張があり、その際、福澤記念館にお邪魔させていただきました。

福澤先生は私と同じ大阪で誕生されましたが、1歳6ヶ月の時にお父様と死別された関係で、お父様の実家がある大分県中津市に家族で帰り幼少を過ごされたそうです。ちなみに、一万円札の肖像画は、福澤先生が56歳だった頃（明治24年）のものだそうです。

さて、旧居の入り口近くにあった立て看板に次のようなことが書いてありました。

学問に入らば　大いに学問す可し
農たらば　大農と為れ
商たらば　大商と為れ

福澤先生の著書「学問のすすめ」の一節です。これを読んで私は理屈抜きにぐっときました。学生時代、さほど「愛塾心」がなく福澤先生の著書を勉強したこともない私ですが、この一節でいきなり福澤先生のファンになってしまいました。

慶應義塾の教育の基本方針に「独立自尊」ということばがあります。福澤先生の著書には「心身の独立を全うし、自らその身を尊重して人たるの品位を辱めざるもの、これを独立自尊の人という」とあります。独立自尊ということの意味について、色々な方が解釈しておられますが、分かりやすいものでいえば、「独立自尊」とは「己の魂の尊厳を自覚する、志を掲げるということであり、世間、社会、体制、常識、そうしたものよりもはるかに価値があるものが人間一人一人の中にはあり、それを目覚めさせることこそが日本人にとって必要なことである」ということでしょうか。とても含蓄のあることばで、私はその日の夜は一人で湯布院温泉につかりながら、「独立自尊、独立自尊」と呪文のように唱えてしまいました。

福澤記念館には、2時間近く滞在し、福澤先生に浸ってしまいました。

福澤先生の代表的著書「学問のすすめ」には「天は人の上に人をつくらず　人の下に人をつくらず」という有名な一節があります。学校の教科書でも出てきたものですからみなさんご存じかと思います。

福澤先生は、「人は生まれながらにして同等である」と述べておられますが、その意味は、「それは出発点における平等であり、権利における平等であって、実際の有様（生活状況）がみな等しい訳ではありません。その差は学ぶか学ばないかによって生じるものである」と述べておられます。はるか昔の明治時代のおことばですが、現代でも十分すぎるくらい意味のあるおことばです。私は福澤先生のおことばを一つ一つ噛みしめ、いつの間にか大いなる力をいただき、どこかから、パワーが出てきました。

島根県内にはいわゆるパワースポットがたくさん点在していますが、私にとっては、福澤記念館がパワースポットなのかも知れません。

6、福澤先生の家族論（2016年3月）

・もしも不倫をしてしまったら

毎日テレビに出ている女性有名タレント、育児休暇取得宣言中の国会議員、旭日小綬章を受章された落語家。ここのところかなりの頻度で不倫が不祥事として取り上げられ、酷い場合は失職に追い込まれています。この手のご相談は、法律事務所では絶えずあります。みなさんご存じだと思いますが、不倫をしても刑法上の犯罪にはなりません。ただ、自分の配偶者や不倫相手の配偶者から民事上の損害賠償責任を負ったり、社会倫理上の問題があります。

改めて申し上げますが、「不倫はいけないことだ」ということは誰でも分かっています。だけど世の中から不倫はなくなりません。

では、世の中の男女はなぜ不倫に走ってしまうのでしょうか。

それは人間の脳がそうさせているのではないでしょうか。私は、人間の紛争は、「欲望、愚痴、怒り」のいわゆる三毒が原因で起こっていることが殆どだと考えており、不倫も「性欲、子孫繁栄欲」、「旦那への愚痴」など様々なものが交ざって行為に及んでおり、まさに三毒が原因かと思います。人間として生活していく上で、この三毒が幸せを阻むことが多いですが、他方でこの三毒、煩悩を断ち切ることがいかに難しいかはみなさんよくご存知かと思います。

「私は絶対に不倫しない。不倫はサイテー」と言っている人に限って、不倫にハマったりしますよね。

人間の本来もっている本能が原因の可能性が高いのですから、今現在やっていないだけで、いつ誰でもやってしまう可能性があります。もちろん、私は不倫を肯定する気は毛頭ありません。

・不倫による影響　～物事の二面性～

ところで、不倫をすることにより誰がどんな不利益を被るのでしょうか？

その人自身で考えれば、一般的にはその人自身の心や生活が乱れてダメになることがあるでしょう。他方で、配偶者とうまくいっていない方にとっては、配偶者以外の異性と触れ合うことで、新たな安らぎをおぼえ、精神的な安定を得られるかも知れません。世の中、「絶対にダメ」という価値観はなく、全ては相対的なものです。

では、家族に対してはどうでしょうか。家族への影響を考えれば、「不倫を踏み止まろう」と思うのが正常な判断であるのは間違いありません。経営の神様と言われた松下幸之助さんには４人の婚外子がおられたそうですが、昔のように「妾をつくるのは男の甲斐性」とばかりに家族にちゃんとお金を入れて、複数の家庭の世話をしていれば文句がないのかと言われれば、現代社会の価値観からみれば受け入れられにくいでしょうね。

他方で「外につくるのは男の甲斐性…」という昔の価値観が戦後の日本の人口増加を支えていた事実は指摘しておかなければなりません。全て物事には二面性がありますから。弁護士をしていて、物事の二面性はとても感じるところです。

「もしも不倫をしてしまいそうになったら…」、その時は全てを冷静に考える余裕をもって、自分の責任で進む道を選択されることが大切だと思います。

・福澤先生の家族論

最後に、福澤諭吉先生の家族論をご紹介します。

「結婚とはいろいろ面倒で1つだった苦労の種を2つにするが、その分の楽しみも独身の淋しさの倍以上になり、差し引きして勘定の正しきもの」

「子育ては、人生の活動区域を大にする（人生を豊かにする）もので、文明の家族は親友の集合」とのことです。

7、裁判の利用は治療に有効か？（2016年12月）

・身体の衰えと仕事の責任の増大とのバランス

慶應義塾大学出身の法律家の集まりである三田法曹会の実務研究会に出席し、慶應義塾大学病院の耳鼻咽喉科の先生から「法律家のための健康管理」ということでお話しを聴かせていただく機会がありました。20歳の頃から花粉症に悩む私にとっては花粉症の治療についてのお話しが興味深かったのは言うまでもありませんが、私にとってこれから注意が必要と思ったことは、40歳を超えて若い頃のように無理が利かなくなるのに、仕事の負荷は逆に重くなる一方の環境で耐えていると、難聴になる方が多いということです。難聴にも種類がありますが、総じてストレスと睡眠不足が原因になることが多いらしく、しっかり睡眠をとることとストレスをコントロールすることの大切さを再認識しました。

・病気を治すこととストレスとの関係　裁判の利用は治療に有効か？

また、弁護士として業務上勉強になったのは、開業医さんもそうですが、大学病院ともなると、患者さんからのクレーム対応に相当の時間と労力を費やしておられるということです。

私はクレーム対応のことで講演をすることもありますが、最近社会全体でクレームが増えているのは、ストレス社会で精神面の健康を害しておられる方が多いことも関係しているように思います。

そして、先生のお話しの中で最も印象に残ったのは、「医師としての診断書を書かされることが増えています。患者さんの中には、病気を治すためというよりも、裁判で勝つための証拠となる診断書を作成してもらうために病院に通い続けられる方がいます。病気の原因はストレスが関係しています。裁判をするとストレスが溜まりますので、裁判になると病状が悪化するので裁判は避けた方がいい旨、患者さんに説明しますが、精神面の健康を害しておられるからか、裁判をしたい気持ちを抑えることができないようです」というお話しです。病気を治すには、弁護士が裁判の依頼を受けてはいけないということかな…。患者さんから裁判の相談を受けている弁護士と医師が共同作業で患者さんの病気を治さないといけませんね。もちろん、弁護士も依頼を受けないと経営が成り立たないことがありますし、弁護士それぞれの信条もあるので、一概に言えないと思いますが。

そういう案件で患者さんから依頼を受ける弁護士さんは、一般的に「人権派弁護士」と言われる方が多いですが、人権派の弁護士さんは、いわゆる社会的弱者と呼ばれる方の案件で、クライアントと一体化しやすい傾向があり、自分の権利ばかり主張し、相手とのバランスを考えないことが多いです。クライアントと一体化してしまうと冷静に事件を見られなくなってしまうので、いい仕事が出来なくなります。私自身も実はある一定の類型の事件については、クライアントと一体化してしまう傾向があるので、そういう時は事件の担当を事務所内の他の弁護士に任せて私は後方支援に回ることがあります。

最先端の医療を担っておられる大学病院の医療ですら、ストレスや精神的な疾患が治療の奥深いポイントになっていることは驚きでした。

・BEST FOR CLIENTS!

ちなみに、弁護士業においても、クライアントの精神面は大きなポイントになっていることが多いです。相続でいえば、長年の怨念、恨み、妬み、欲などが原因で紛争になり解決の糸口が見えないことは非常に多いです。逆にいえば、そのあたりをうまく解消できるようになれば、事件の解決がスムーズになるのでしょうね。

いわゆる腕のいい医師は、患者からすれば自分の病気を治してくれる医師であり、弁護士でいえば、腕のいい弁護士は自分の願いを叶えてくれる弁護士なのでしょう。

ただ、私の考えでは、クライアントの願いを叶えてあげることはもちろん大事ですが、「そのクライアントのための最善は何か」を考えて事件にあたることがもっと大切なことだと思います。もしかすると、皆さんからしても、「井上は私の要求する事件処理をしてくれない」と不満を持たれることがあるかもしれません。しかしそれは、「クライアントの最善を考えたら、別のやり方の方がいい」と考えてのことが多いと思いますので、皆さんも心の片隅に止めておいていただけると喜びます。

8、裁判官、母親の魂はどちらの位牌に入っているのですか？（2016年10月）

先日、私の出身大学である慶應義塾大学出身の法曹（弁護士や裁判官、検察官）の集まりである「三田法曹会」の全国支部長会議が秋田県で開催され、私は新たに設立される島根支部の支部長として出席してきました。

新しい人脈も作れ、とてもためになる会議でしたが、多くの人に参考になるお話として、基調講演の内容の一部をご紹介させていただきます。

講師は、裁判官として40年勤務され（元広島高等裁判所長官）、弁護士に転身された西岡清一郎先生でした。西岡先生は、「法律は人間のためにあります。人間の紛争に関わる者は、法律の知識以上に『人間理解』が大切だと思います」と述べられました。

人間の紛争だから、その本質が何かを掴むことが大切で、法律家は、人の話を聴き（頭のいいやつは人の話を聴かないそうです）、人に話をさせ（この人の前では話しやすいという雰囲気）、人に説明し（心がこもっていないといけない）、人に納得させることの大切さを忘れてはいけません。

冒頭のタイトル「裁判官、母親の魂はどちらの位牌に入っているのですか」のことばは、遺産分割の調停で長年争った末に、位牌を2つに分けて、家を継がない長女にも位牌を継いでもらう形で和解が成立する直前に、長女が言ったことばだそうです。

このことばを聞いて、関係者があ然としたことは想像に難くありません。もうこうなったら、母親の魂がどこにあるか分かりませんが、我々は魂と真心を込めて当事者を説得するより他にありません。

相続や大塚家具事件の親子での争いをみればお分かりのように、血のつながりがある家族の中で長年積もり積もった怨念がある事件は、どうしても心の問題がついてまわりますし、非常に執拗な争いになります。大塚家具事件のように企業法務と言っても、結局は人間関係のドロドロした話がつきまといます。

このように、人の争いを解決する人間には、人間力が必要になります。粘りに粘って、辛抱強くやれる心が必要になります。頭の良さ以上に人間力を磨き続けないといけないと再認識させていただいた講演でした。

・ベストグロス賞受賞！　～そんな上手くないんやから気楽にやろうや～

支部長会議の翌日は、秋田の名門、秋田太平山カントリークラブで懇親コンペに参加しました。結果は、嬉しいことにベストグロス賞（ハンディキャップ関係なしに一番スコアがよい賞）を受賞しました。スコアはパーとボギーが半々くらい…後はご想像にお任せします（笑）。

全国各地のゴルフ場に行くと、地域ごとに特色がありますが、特にピンまでの距離表示の方法の違いには戸惑います。西日本は、だいたいグリーンエッジまでの距離を表示し、カートにはグリーンの絵と四方の長さとエッジからの距離を書いた紙が貼ってあります。北海道に行くと、西日本との違いはグリーンセンターまでの距離を基準にすることです。

では秋田はどうでしょう。北海道と同じくグリーンセンターまでの距離の表示はありますが、カートにはグリーンの様子を書いた紙がありません。ピンの旗の色で、ピンの位置が手前なら青い旗、中央なら白、奥なら黄色となっており、グリーンの形や大きさ、正確な距離が全くわからない仕組みになっているのです。私は「こんなん競技ゴルファーやったら怒るで」と思い戸惑いました。地元の人達は、秋田の県民性で細かいことに拘らないおおらかな人が多いのでしょうね。

とは言うものの、私はそんな環境で普段は出ないいいスコアでまわれて、冷静に考えたところ、結局自分にはそんな正確に打つ技術はなく、打ってはいけないところだけは避けて、「その辺」に打っているだけなんです。我々のレベルはそんなもの。プロじゃありませんし1ヤード単位で打てるはずもありません。もっとおおらかにゴルフをしていいのかなと思いました。

ゴルフに限らず、人生の色々な場面に通用する話かと思いました。

北海道に遠征して参加したゴルフ競技会で優勝した筆者

第2章

経営者としての自覚

1、経営者の脳になるということ（2018年6月）

・「まかせる」ということ

世間では働き方改革や人手不足など、経営資源としてのヒトの部分に焦点を合わせた問題が取り上げられることが多くなっています。経営資源としてのモノ・カネ・情報以上に、ヒトについては、「思ったように動かない。人件費ばかりかかる…」ということで苦労しておられる企業様が多いことかと思います。

弊事務所のような法律事務所の場合、まさにヒトの問題が経営資源としての8割以上の部分を占め、投資するにせよ何をするにせよまずはヒトになります。そしてこの問題については、私自身も悩みが尽きません。

特に今年は、弊事務所創業以来初の弁護士4人体制になり、事務職員も合わせると過去最高の人員になりました。車に例えればこれまでの3リッターのエンジンを4

講演で熱弁を振るう筆者

リッターのターボエンジンを積んだ車に乗り換えたようなもので、本来であれば、これまでとは異次元のサービスを展開できるはずです。しかし、モノと違ってヒトはそう単純に計算通りにはいかず、設備投資をしてお金がかかっているけど、回収がまだまだ先という状態です。これから職員の成長を見守りながら異次元のサービス展開に持って行きたいと考えている次第です。

・飛行機の中で聴いた金言

弁護士というのは何だかんだで職人気質なところがあり、他人に任せるより、「自分でやった方がうまくいく。早くできる」と思って自分でやってしまうことが多いです。私自身も、弁護士がたくさん増えたけれども、全ての案件に目を通し、他の弁護士の仕事に細かく指示を出していました。中には、「オレがやるなら…」というところで厳しく接してしまうこともありました。しかし、弁護士がこれだけ増えていくと、そのやり方では業務量が膨大になり、脳疲労を含めた精神的なダメージが大きくなります。

そうしたところ、2月の末頃、飛行機の中で、面識のある上場企業の社長様と近くの席になり、ゆっくりお話しさせていただく機会がありました。その社長様からは、「井上さん、顔が疲れているよ。従業員は会社で集中していればいいけど、社長はそうはいかないでしょ。24時間張りつめていないといけない。だから心が壊れる。緊張を解きほぐす時間がないとメンタルがつぶれてしまうよ。それから、井上さんはなんでも自分でやりたがるでしょ。職員に任せることを増やさないといけないよ。どういったことをどこまで任せるか決めていって、自分で決めることと任せることの線引きをすることだね。任せるにあたっては、経営理念やクレドに従って仕事をしてもらえばいいんだよ。経営理念の浸透はこういうところで効いてくるんだよ」とアドバイスを受けました。その他ここに書き切れないお話しを聴け、2万2千円の飛行機代が220万円の価値があるように思えました。

・妻からの厳しいことば

とはいえ、なかなか自分の考え方や行動が変わらない私。そうしたところ、3月のある土曜日のことです。土曜日なので事務所は休みにしておりますが、顧客対応のため、若い弁護士達が事務所に出ておりましたので、私も事務所に様子を見に行くため、私は昼前に出社してランチでも誘おうとしました。

しかし、妻から事務所に出ることを止められました。「若い先生たちに任せるんだったら、全部任せたら」とのことでした。

妻に言わせると、「従業員の立場からしたら、たまには自由にやらせてもらった方がやりがいが出るし、社長が来て細かいことを言われるより、困った時にいてくれればよい。ご飯もたまにはお金だけ置いていってくれた方がいい」とのことでした。私は、経営者として、今までにないくらい孤独を感じました。

しかし、「人に任せる」という意味では、考え方を根本的に変えるチャンスであると前向きにとらえ、成長するチャンスであると考えました。

大事な場面で心に突き刺さることばを投げかけてくれる妻に感謝するとともに、見直しました。

・経営者の脳になりつつあること

4月に入り、東京で親しくしている熊本の弁護士さんと会話しました。

熊本「急いで島根に帰らなくていいんですか?」。井上「今夜は泊まりますよ。最近わざと事務所を空けるようにしているんです」。熊本「事務所に居場所がない？」井上「いや、そうじゃなくて、私がいると、若い弁護士達が私に頼って、自分の頭で考えないんです。ちゃんとみているので、困った時に登場するようにしているんです。スマホがあればどこでも仕事が出来ますしね」。熊本「先生はもう社長脳になっておられますね」とのやりとりがありました。

私は一瞬、他の弁護士達と違う行動や考え方をしていることに不安になりましたが、その夜、経営アドバイザーの方と食事をしながら、冷静になってゆっくり考えてみると、「世間の多くの弁護士は、職人として現場の仕事に時間をとられて、経営者としての仕事をしっかりとやっていない。しかし、自分は他の弁護士たちと違う次元でものを考え、行動できている」ということに気付きました。「他の弁護士たちと考えている次元が異なり、新しい時代にチャレンジしようとしている」ということは凄いことなんだと考え、ある意味自信になりました。

・井上にしか出来ない仕事は？

一時的には、私の対応が減り場合によっては皆様にご不満な思いをさせてしまうかもしれませんが、長い目でみれば、弊事務所が、名実ともに「4リッターのターボエンジンを積んだ車」として（将来的にはもっと排気量を上げていきますよ！）皆様に異次元のサービスをご提供できるチャンスです。

もちろん、弊事務所のクライアントの多くは私個人のファンで、私を頼りに慕っておられるので、そこのつながりや安心感の提供、さらにはここぞという時の対応は私にしか出来ない仕事で、おそらく他の弁護士にはマネの出来ないことかもしれないことは分かっております。

私にしか出来ないことと、人に任せていいこと・任すべきことの判断を的確に行うことも私の仕事であり、そのあたりの勘所もこれから掴んでいかないといけないと考えております。

・メンタル面の健康・脳疲労との付き合い方

そして、脳疲労との付き合い方も身に付けないといけません。医師の勧めもあり、最近私は、その日あったことやそれに対する自分の精神面を日記のように記録するようにしました。これにより自分の頭の中が整理でき、メンタルを正常に保つためには非常に効果が高いそうです。皆さんもよかったら試してみてください。

今後とも精進してまいりますので、よろしくお願いいたします。

2、靴下屋のおっちゃん（2016年6月）

先日、靴下の専門店「靴下屋」、「タビオ」というブランドで店舗展開している、タビオ株式会社の創業者で同社の代表取締役会長の越智直正さんの講演を聴かせていただきました。御年77歳とのことですが、とてもパワフルでエネルギッシュな方でした。

越智さんは、愛媛県出身で、中学を卒業後15歳の時に大阪の靴下屋に丁稚奉公に出てこられたそうです。講演では、マイクを持つなり、「ワシ愛媛県出身なんですけど、愛媛では『ありがとう』のことを『だんだん』といいまんねん。せやからワシは、お客さんに『だんだん』ってゆうたら、大将から『大阪では、まいどおおきにってゆうんや。大阪で商売するんやから大阪弁使え！』ゆうて、バコーんってドツかれましたわ」とエピソードを話されました。

さらに越智さんは、「ワシ、大将にドツかれた時から、絶対に大阪弁使わへん。標準語しゃべったる、って決めたんですわ。それ以来60年、ワシはずっと標準語しゃべってまんねん」とおっしゃいました。

聴いた時は、会場の雰囲気も私も、「これってネタなんかな？大阪のおっさんらしいわ」と思いましたが、一晩置いて私は別のことに思いが至りました。

人生の先輩の教えを素直に聞き入れて愚直に実行すること、そして「郷に入れば郷に従え」と言いますが、自分の属した世界に適応しつつも、自分のアイデンティティを強烈に持ち続けること、このようなことの大切さを越智さんは伝えたかったのではないでしょうか。越智さんは、大阪の商売人として、後悔のない人生を毎日力いっぱいいきておられるのでしょうね。

講演の翌朝、自宅で妻からいつもの通り、「大阪弁は語尾がはっきりしないしイントネーションが違うから聞き取れないのよ」と言われ、私が「洗濯もん、干しちょ～よ」（出雲弁です）と返事したとき、越智さんの話をふと思い出し、越智さんの話の意味が自分なりに解釈できました。日々アンテナを張り、ふとしたことからの気づきを得ることの大切さを感じております。

・人生を生き抜くバイタリティ

実は私の父も越智さんと同じ愛媛県出身で、中学を卒業後大阪に出てきました。また、タビオ創業の地は私の生まれ育った大阪府八尾市の隣町である大阪市平野区です。

そういう縁もあり、越智さんのお話しをきいていると、昔懐かしい、子供の頃から触れてきた「大阪のおっちゃん」のバイタリティを感じました。

ランニングシャツを着てステテコにツッカケを履いた独特の風貌で近所をウロウロし（大阪南部の方ではその姿で電車に乗るおっちゃんもいました）、大きな声が周りに響き渡り存在感のある「大阪のおっちゃん」です。

「大阪のおばちゃん」のバイタリティは有名ですが、「大阪のおっちゃん」は辛抱強く、自分の夢にストイックにのめり込みます。人生を生き抜くバイタリティは、おばちゃん以上かも知れません。ちなみに、「大阪のおっちゃん」連中は、血の気も多くかなり強引な人が多いです（笑）。

子供の頃からそのような環境で育ってきた私の心には、そのようなＤＮＡが染み込んでいると思います。

3、最後は我が社の社員を信頼するしかない（2017年10月）

・他人にしゃべってもらい、議論をまとめることの難しさ

去る9月9日、日本弁護士連合会主催の弁護士業務改革シンポジウムというものが東京大学本郷キャンパスにおいて開催され、約2500人の参加があり盛大なものになりました。医師の学会を想像していただければ分かりやすいかと思います。

私は、同シンポジウムの「法律事務所の経営」について議論する分科会の運営に携わり、パネルディスカッションのコーディネーターを務めさせていただきました。パ

ネルディスカッションは午後の時間を丸々割り当てられ、長丁場になりましたが、無事に終えることができ、ホッとしているところです。

私が務めたコーディネーターの役割は、パネリストの発言を引き出し、議論を先導し、まとめていく役割です。他方、パネリストは、質問されたことに答えていって、さらに自分のしゃべりたいことをしゃべっていくのが役割です。

私がコーディネーターを務めるのは記憶にあるところでは今回が2回目です。今回は、台本をきっちり作成し、パネリストの発言時間も秒単位で区分けするなど、かなり詳細かつ念入りな準備をしました。

しかし、パネルディスカッションが始まってみると、パネリストの皆さんは、台本を読み上げる感じではなくその場で考え、内容的にも詳しくお話しされるので、時間が進行予定に比べてどんどん押してきました。

幸い、台本を作っているだけあって、パネリストが、方向性が全く変わってくる発言をすることは殆どありませんでしたが、時間内に終わらせるため台本の取捨選択が始まる訳です。

・壇上で議論を進めながら先のことを考える

もちろん、削除候補の質問を用意はしておりましたが、当日のその場の議論の流れや空気感、聴衆の顔色を見ながら、取り上げるべき議論と削除すべき議論を選別し、さらに取り上げた議論についてはどの程度深入りしパネリストにどの程度しゃべってもらうのか、しかも壇上にいながら、台本を変更した私の頭の中をパネリストに分かってもらうようどうやってサインを送るか等を、壇上に上がりディスカッションを進行させながら、その場で改めて考え直さなければなりませんでした。多くの聴衆の前で、頭を何重にも回転させながら瞬間的な判断の繰り返しで、私の脳ミソは極限状態でした。

これが私一人で講演しているのであれば自分自身でコントロールできるのですが、パネルディスカッションのコーディネーターですと他人にしゃべってもらいながらの進行なので私自身のコントロールできる範疇を超えてしまう部分があります。出来る限りのことをして、後は他人を信頼して委ねるしかありません。

ここまで書いて、これって社長業と似た部分があると気づきました。

・最後は我が社の従業員を信頼するしかない。

ちなみに、パネルディスカッションは予定時間ピッタリに終わりました。こういうディスカッションは、自分のしゃべりたいことをしゃべれるからパネリストの方が好きという方が多いと思いますが、私はコーディネーターの方が楽しいと感じました。一見して受け身のようで、実は全体をコントロールしているという構図で、野球でいえばキャッチャーでしょうか。ボールを投げるのはピッチャーしか出来ませんが、ピッチャーの持ち味を引き出し、全体をまとめるのはキャッチャーです。私の新境地、新しい引き出しが増えた気分です。いい勉強をさせてもらいました。

4、社会的立場のある者としてのトレーニング（2019年7月）

・日本の政治の中心で感じたこと

先日国会議事堂を見学させていただきました。日本の政治の中心地、ここから日本国家に関する様々な情報が発信されるのだと思うと身が引き締まる思いでした。また、今年は令和元年、天皇陛下が代わったばかりです。天皇陛下の休憩室もありまして、一言でいえば「クラシックモダン」という雰囲気で、「日本国の象徴」（日本国憲法第1条）である天皇のお休みされる場所に相当な費用と英知を集めていることが分かりました。

また、新聞記者がたくさんおり、議員の先生方が取材されている場面も目にしました。議員の先生方は、一挙手一投足、発言の一つ一つにも気を遣わないといけませんので、メンタルが相当タフでないと務まらない仕事であることが国会内の雰囲気だけでも伝わってきました。蛇足ですが、先日、飛行機の中で、私の二つ隣の席に丸山達也島根県知事が座っておられました。私は着陸してから知事に気づいたのですが、重そうな荷物をご自分で運んでおられて好感を持てました。「公人」になると、何から何まで、どこで何をしていようと人の目に晒されるので（首相をみていると配偶者もですね）、メンタルのタフさが尋常じゃないと務まらない仕事だと改めて感じました。

・非常時の立ち振る舞い

実はこの日の米子発羽田行きの飛行機は副操縦士さんの体調不良のため出発が105分遅延しました。副操縦士さんが突然倒れて救急車で搬送されたため、東京発の便で米子に来た操縦士さんにそのまま折り返しで搭乗してもらうことで対応したとのことでした。

離陸後、キャビンアテンダントさんが、プレミアムクラスの人には一人一人事情を説明して回ってくれていました。他の人の中には「予備の操縦士がいないのか！」など叱り飛ばしていた人もいましたが、私は副操縦士さんの体調の方が気になりました。

私も、非常時にはついつい感情的になりがちですが、人として、社会的立場のある人間として、常日頃、品性のある立ち振る舞いをしたいと心掛けております。

・社会的立場ある者としてのトレーニングが必要？

かなり前になりますが、ちょっとしたアクシデントがあった時のある人の立ち振る舞いで、「この人凄いな」と思ったことがありました。島根県内のある有力企業の社長さんと大山のゴルフ場でプレーしていた時のことです。

　前の組のカートが橋の欄干にぶつかってしまい動けなくなっていました。これにより我々の組は前に進めなくなってしまい、私は内心で、「このおばはん運転下手やなぁ～。オレら前に行かれへんやん」と思っていたところ、その社長さんは、立ち往生していた女性に対して、「大丈夫ですか。お怪我はありませんか？」と声を掛けられました。

　私はその時、「この社長さん凄いな」と感じました。その社長さんが心からそう思われていたかは分かりませんが、アクシデントがあった時に、まず第一に、そのような立ち振る舞いを出来ることが素晴らしいなと思いました。この時の社長さんの言動は今でも私の心に残っています。

5、法律事務所の跡取り問題（2019年7月）

・法律事務所経営PTでの活動（札幌での視察）

日本弁護士連合会には法律事務所経営プロジェクトチームというのがあり、私もそのチームで法律事務所の経営課題について勉強させていただいております。2年前は東京大学で、「法律事務所のマネジメント」についてシンポジウムを開催し、私はパネルディスカッションのコーディネーターを務めさせていただきました。今年も京都でシンポジウムを行いますので、今回は先進事務所への取材ということで札幌まで行ってきました。

今度のシンポジウムでは、「法律事務所の事業承継」というテーマを取り上げます。山陰地方でも、かつては名を馳せた先生方の事務所承継、跡取り問題は非常に大事なテーマになっているようです。うまく事務所を承継できるかどうかでクライアントや従業員に迷惑をかけないか変わってきますし、場合によっては、跡取りがいるかどうかで晩年の弁護士活動も変わってくるかと思います。私自身も周りの先輩方をみながら、自分の親族か否かに関わらず後継者を作ることの大切さをしみじみと感じております。

今回の取材で感じたのは、法律事務所も、一般企業と同じく、後継者育成と同時に、マネジメントが大切になるという点でした。我々弁護士業界では、法律事務所の経営環境や個々の弁護士の意識がここ10年くらいで激変しております。かつて、弁護士は職人・個人事業主の集まりで、自分の金は自分で稼ぐもの、法律事務所も組織化とは無縁で事務所のマネジメントは不要というのが主流でした。

しかし、最近は一つの事務所に弁護士が複数いて、都会にいくと10人以上、東京だと数百人という事務所も現れました。これは社会の複雑化に合わせて弁護士業務も一人ではやりきれない複雑なものが増えたことに加えて、最近の若手弁護士の気質や意識の変化によるものといえるでしょう。例えば、医者の世界で言えば、開業医じゃなくて総合病院で働く先生は、開業医じゃできない高度な医療を扱うことができることや、病院経営よりも医療の実務に集中したい人、さらに経営に失敗して雇われで確実に給料をもらう道を選択した方等が中心かと思います。

私自身は、自分の城を築いてバリバリ稼いでやろうと思い、1年3ヶ月で独立し、開業して12年になりますが、今の若手の弁護士先生方は、独立するよりも総合病院で働く医者と同じような感覚で事務所に勤務する先生が増えているように思います。

そのような中、法律事務所のマネジメントは、経営者弁護士にとっては重要なファクターになりつつあります。法律事務所も、中小企業と同じ悩みを抱えているのです。私にとっても、マネジメントは勤務弁護士を雇うようになってから長年の課題になっております。

また、「保険」といえば、万一の場合にお金が入ってくる保険のことを考えてしまいます。しかし、経営者目線でいえば、私は、お金の入ってくる保険よりも、人材を育てて、自分に万一のことが起こっても事業を引き継いでくれる後継者や組織を育てることの方が本当の意味での「保険」になっていると考えています。

札幌で人材育成、マネジメントへの解が出たのかと言えば出ておりませんが、自分の頭の中を整理するいい機会になりました。

事務所での日常業務ではなかなか考える時間がとれませんが、出張で事務所を物理的に離れてしまうと、普段考えられないことをゆっくりと考えるいい機会になりますね。

6、サラリーマン社長もありなんじゃないの？（2017年3月）

・事業引継支援センターでの講演

私は事業継承について講演させていただくことが多く、先日も島根県事業引継支援センターのセミナーで、「弁護士の目から見た事業継承」と題してお話させていただきました。通常の事業承継の講演となると、「株式を後継者に集めましょう、黄金株など種類株式を活用しましょう」などとありきたりな内容になってしまうので、今回は少し趣向を変えてお話ししてみようと考え、事業承継にあたって気になる点のうち、①会社の保証債務はどうなるのか、②株式の移転と絡めて後継者をどうやってみつけるか、の2点に的を絞ってお話しをしました。①会社の保証債務は、最近話題になっている経営者保証ガイドラインの活用が考えられそのルールを活用すればそれなりの結論が得られることが多くなっているように思います。

そして②株式移転と後継者の問題は、一般的には中小零細企業ですと、経営者が株式を握っていることが多く（所有と経営が一致）、事業承継においてもそうしようと考えがちです。

しかし、大企業においては「所有と経営の分離」と申しまして、会社の株主と経営者は別になっていることが多いです。つまり株式は創業者一族や投資家が所有している けれど、会社の経営は、株式をもたない「雇われの者」が経営を行うという形式です。実はこの所有と経営の分離は、大企業に限らず中小零細企業においても成り立ちうるのです。例えば社長の親族に後継者候補がおらず、逆に社内の従業員に経営者になりうる人材がいて、ただ、その方からすると、株式を譲り受けた上で社長になって保証債務などを背負わされるのはこれまでの人生で積み上げた財産が全て無くなるおそれがあり、家族からの了解も得られにくいという場面があります。

この場合、親族に拘っていると後継者がおりませんので株式は創業者一族が保有したままで社内の優秀な人材に経営を任せたいところです。経営者保証ガイドラインでは、保証人にならずに後継者になれる可能性に言及していますのでこれを活用しない手はありません（但し実際に活用するのはハードルが高いです）。さらにまたその次の世代になり、創業者一族に優秀な人材が現れればその方が経営を継いで所有と経営を一致させることもありえますよね。

つまり、私が言いたいのは、「これしかない」と決めつけるのではなく、目的は「事業を承継すること」ですから、承継当時の社会情勢や会社ごとの事情などに合わせてオーダーメードで事業承継プランを立てていくことが大切なのだと思います。最近、私が関与している先でも、株式の所有者と経営者が別という会社がいくつか出てきました。会社ごとに事情は違いますが、その時々に応じて、「会社を潰さない。事業を継続する」という大義名分によって承継方法を考えていった結果です。短い時間でしたが、そんな話をさせていただきました。

7、企業におけるガバナンスのあり方 〜俺の会社〜（2016年8月）

・上場企業における統治体制は？ 〜株主と役員が役割分担〜

昨今、世間では東芝の不正会計問題、セブン-イレブンの役員選任問題など企業の存続、企業統治を揺るがしたり、これまでの企業統治の慣例に変革を促したりするような問題が続発しています。政府は、昨年6月には、上場会社については、会社から独立した立場の社外取締役を2人以上選任するよう求める企業統治指針（コーポレートガバナンス・コード）を適用したりするなど上場企業についてのガバナンスを強化する施策を進めています。要は、社長のワンマンではなく、第三者、それも社外の第三者の監視の目を効かせようということだと思います。

このようにして、上場企業では、会社に出資した株主、経営を決定する取締役会、執行する経営陣と役割分担が明確になっております。いわゆる「所有と経営の分離」

で、会社に出資する者と経営する者は別ということです。

・中小零細企業の統治体制は？　～「俺の会社」～

他方、中小零細企業ではどうでしょう。中小零細企業では上場企業のような所有と経営の分離は殆どなく、株主も経営者も同じ者がやっております。平たく言うと、社長にとって、会社は「俺の会社」であり、会社の経営理念は「俺のフィロソフィ」です。特に創業社長にとって、自分の会社は自分自身で、あるいは自分の産んだ子供なのです。

では、このような中小零細企業においても、上場企業と同様に何等かのガバナンスを効かせるべきなのでしょうか。

中小零細企業の経営者の本音は、「ガバナンス？ 社外取締役とか外部から訳の分からんやつが来て会社をかき回されたら困る。ワシは会社の保証債務も負っとる。いい時はもちろん、悪いときは身ぐるみを剥がされてワシが全責任を負わんといかんのや。無責任に周りからとやかく言われたくない」という感じだと思います。

・どんな商売も公共性を帯びている

ただ、忘れてはならないのは、いくら中小零細で、株主も役員も自分だけか自分の家族だけであったとしても、会社には、従業員がいて、さらに取引先や仕入れ先など様々な関係先があり、自分達だけで商売が完結することはありえないことです。商売は少なからず、何らかの公共性を帯びるのです。

そういう意味では、中小零細企業であっても、何らかのガバナンスを効かせる必要があるといえます。

・中小零細企業におけるガバナンスはいかに？

私が思いますに、中小零細企業は「社長のワンマン」でいいんです。社長がやりたい放題やればいいんです。全ての責任は社長が負う訳ですから、社長がやりたい放題、自分の責任で決断して悔いのないようにやっていいと思います。社長のその溢れるようなパワーが会社を支えているのです。しかもワンマン（自分で決断し自分で責任を負う）だからこそ、そのパワーは倍増しているんだと思います。上場企業のような小難しい統治体制は、中小零細企業には相応しくないと思います。

但し、社長のやりたい放題は、自分の私利私欲に基づいたものであってはなりません。私利私欲に基づくものだと、周りの共感が得られず必ず破たんします。

社長は自分の会社や事業に対して壮大な夢を持っています。ただ、その夢は何らかの公共性をもったもの、従業員の幸せであったり、社会の人々にとって何らかの幸せをもたらすものでないといけないでしょう。

社長はやりたい放題やっていいんだけれども、そこには社長の人間力が伴っているものでないといけません。社長は常に心を高めて、清らかな、かつ熱い心で経営に当たらないといけません。それが中小零細企業におけるガバナンスというものではないでしょうか。周りからとやかく言われるのではなく、自分自身で心を高めて、自分で自分を統制しないといけないのです。周りから統制をかけてくれる上場企業の社長業に比べて、中小零細企業の社長という仕事は余程難しいと思います。

・公私混同?公私一体?

最近、政治資金をめぐる公私混同疑惑の責任をとり、東京都知事を辞任した舛添要一氏の問題もあり、「公私混同」のことが取り沙汰されております。ただ、中小零細企業の社長にとっては、公私の区別なんて出来ません。「公私一体」ですよね。社長は24時間仕事のことを考えて生活していて、眠っていても夢に仕事のことが出てくるくらいなんですから。会社の仕事は社長にとって自分そのものなんです。呼吸をしている限り、社長として脳も心も身体も動いているのです。リスクも何もかも抱えて、それでいて夢に向かって猪突猛進で進んでいく社長。そして、従業員を始め会社に関わる人たちはこれについてくる。この姿ってものすごく貴重なことですよね。

8、過ちを改むるに憚ること勿れ（2019年5月）

・小泉純一郎氏の講演から

今年の2月に小泉純一郎元首相が松江に来られて、島根県民会館で「日本の歩むべき道」と題して原発や自然エネルギーのことなどを中心にお話されました。

私は参加することができませんでしたが、DVDを入手しましたので、車の中で何度も聞き直してしまいました。

その中で、私の心に残った言葉が、論語から引用された〝過ちを改むるに憚ること勿れ〟（過ちを過ちとは言わない。過ちを改めないことを過ちという）ということばでした。世の中では、失敗をしない人間はほぼいないでしょう。むしろ、ずっとエリートできた優秀な方ほど失敗・過ちに対する対処が下手くそな場合が多いのではないでしょうか。優秀な方ほど、「失敗したことを認めたくない。周りに知られたくない。自分でなんとか取り返したい」と考えてしまい、不祥事を隠蔽したり、隠蔽じゃなくても深みにはまってしまう傾向があるかと思います。

小泉氏の言葉は、原発に限らず、組織が一度とった行動が途中で失敗だと分かった時は、そのまま突っ走るのではなく、失敗を素直に認めてその後の組織のかじ取りを改めることの大切さを説きたかったのだと思います。

山本五十六の言葉に〝人は神ではない。誤りをするというところに人間味がある〟という言葉があります。

さらに、ピーター・ドラッガーの言葉に〝成果とは常に成功することではない。そこには、間違いや失敗を許す余地がなければならない〟という言葉があります。失敗があるからこそ、人間味が増してきたり、成長の機会が与えられるのではないでしょうか。失敗したことをまずは素直に認め、それをいかに改めて次に生かすのか、それが大事なのではないでしょうか。そして、組織のリーダーがまず過ちを認めて改めることによって、組織全体がそのような組織体質に変わっていくのではないでしょうか。

第3章

経営者の心
～人生の洞察を踏まえて～

1、妻に先立たれた男の寂しさ（2020年9月）

・いつもと違う夏

今年は、新型コロナウイルス感染拡大の影響で、例年と違う夏を過ごされた方が多かったのではないでしょうか。社会的には夏の高校野球がなくなり気分的な盛り上がりに欠け、子供たちは夏休みが短縮され、部活も制限されました。大人はGO　TOトラベルキャンペーンで国から旅行を勧められているにもかかわらず、コロナの感染拡大で各地の自治体では帰省を控えて欲しいと言われ、「実家に帰りたくても帰らない。帰る気分にならない」という状況で、例年以上の酷暑（観測史上最高の41度を記録した場所もあったようです）も合わさってストレスの溜まる夏を過ごされたのではないでしょうか。

もちろん、我々事業者としてはコロナの影響で事業環境が大きく変わりそれへの対応に頭を悩ませている方が多いと思います。

身近なところでは、先日私が訪れた米子市のある洋食屋さんで、「ホールスタッフ及び調理スタッフがマスク着用で業務中に熱中症の危険が生じる事態が発生しました。やむを得ずマスクを着用せずに業務にあたらせていただきます」と入店時に貼り紙がありました。ご時世的に飲食店で従業員のマスク着用は当然のようになっていますが、これだけの酷暑で従業員が熱中症で倒れそうになる事態が発生しては、経営者としてはどうしたらいいのか途方に暮れてしまう方もおられるのではないでしょうか。

マスク不着用だとコロナウイルス感染の危険が高まり、従業員同士や顧客に対する不安を与えてしまうことも考えられますが、他方でマスクを着用して従業員が熱中症で倒れたら、経営者としては従業員から安全配慮義務違反（労災）を問われる恐れがあります。もう八方塞がりな感じですよね。経営者としては、日々変わりゆく状況をみて、細やかで冷静な判断をしていく他ないのでしょうね。

・井上も大阪の実家に帰省できませんでした

私自身は、残念ながら今年は大阪の実家に帰省できませんでした。母が亡くなって25年以上が経ち、実家で１人で暮らす父親の元気な顔を見たかったたし、父には元気な孫たちとも触れ合って欲しかったので残念でした。

息子としては、大阪で１人で暮らす父親が元気なのか、日々心配でなりません。たまに父親から電話がかかってきて、私がかけ直したら、「うん？ワシ電話かけてへんで。もしかしたらケータイのどっか変なとこ触ってしもたんちゃうか。すまんすまん」という反応で、ズッコケな感じなのですが、逆に言うと父親が元気で生きていることの生存確認が取れて、安心します。

・妻に先立たれた男の寂しさ

私の父は、母が亡くなってから25年以上元気に暮らしておりますが、世間では妻に先立たれた夫が後を追うように亡くなっていくことが多いようですね。有名人で言えば、野村沙知代さんと野村克也さん、朝丘雪路さんと津川雅彦さん（津川さんはドラマで悪役のドンのようなイメージが強くあのキャラクターでバリバリやっているイメージが強かったので、奥さんが亡くなってそんなすぐに逝ってしまったのはショックでした）、南田洋子さんと長門裕之さん、樹木希林さんと内田裕也さんなどがすぐに思い当たるところでしょうか。こういう方々の様子をみておりますと、男は妻という心の支えがなくなってしまうと本当に弱いものだと感じます。夫婦が別居していようが妾がいようが、そこは妻の存在は絶対なのだと思います。

・ノムさんは自分の死期を悟っていた⁉

野村克也さんの妻沙知代さんが亡くなったのは2017年12月のことです。その後、ノムさんが急激に弱っていったのははっきりと分かりました。亡くなる半年くらい前に神宮球場で車椅子に乗りながら現れ、古田敦也さんなどお弟子さん達に支えられながら打席に立っておられる姿は微笑ましくも、私は「あのノムさんがこんなに弱ってしまったのか…」とショックを受けました。

・このがらんどうの人生を、俺はいつまで生きるんだろう

私が今年の4月に読んだ書籍に、ノムさんの「ありがとうを言えなくて」という書籍があります。おそらく、ノムさんが亡くなった今年2月の少し前に書かれたものだと思われます。内容はお察しの通り、サッチー亡き後の、ノムさんのサッチーに対する思いを綴ったものです。ただ単に、ノムさんの寂しいという感情を書き綴ったものではなく、人生そのものについて深く考えさせてくれる内容になっております。男性にとっての女性の存在、妻とは、夫婦とはどういうものなのか。ノムさんにとってサッチーはどういう存在で、自分にどういう貢献をしてくれたのか、いや、もっと言えばサッチーにとって自分はどういう存在だったのか。

そしてサッチーの脱税問題や国政選挙出馬に絡む不祥事、サッチーの両親や息子達との関係などから、自分の妻の生き様、人生観を冷静に分析するノムさん。さらに、女性にとって男性はどういう存在で、動物としての雌はどのような雄を捕まえればいいのか、克明に記されており、私は何とも言えない感情とともに、人生というものを考える機会を与えていただきました。この本の最後の方でビックリさせられたのは、「盛りを過ぎた哺乳類が生きていくために必要なものは、最終的には食欲と睡眠欲だけだ。自分は最近食欲がなくなってきたので、残るは睡眠欲だけだ。永遠の眠り。つまり死だ。私の体は既に死を待っているだけなのかもしれない。もう私には、幸運の女神はついていない。ならば、せめて沙知代と同じように安らかな最期を迎えたい。このがらんどうの人生を、私はいつまで生きるんだろう」（著者にて要約）と書き綴られていたことです。要はノムさんとしては自分の死期を悟っていたということかもしれません。亡くなり方も沙知代さんと同じく安らかな最期だったようです。

生き甲斐、生きる気力を無くしてしまった男が、どうやって最期の時を迎えるのか、最愛の妻を失った男の正直な気持ちが書き綴られた書籍だと思います。ご興味のある方は是非読んでみていただけたらと思います。

・井上の父はお騒がせな息子のおかげで長生きできている？

母が亡くなったのは、私が20歳、父が51歳になろうかという時でした。父にとって最愛の妻が亡くなり、おそらく一時的には生きる気力を失ったことかと思います。母が亡くなった年は阪神大震災が起こり、さらに母が雛祭りの日に亡くなった後、オウム真理教の地下鉄サリン事件が起こりました。世の中がコロナ禍の今年のようにショッキングなことばかり起こり心が乱れやすい中、井上家では妻が、母が亡くなり、みんながしょんぼりしていました。父親ももしかしたらこの時に生きる気力を失い何か大ごとを起こしたり、災難に遭っていたかもしれません。

だけど、父親はあれから25年間元気で生きてくれています。今、考えると、親不孝者で手間と金のかかる長男がいたから、オヤジも死ぬ訳にはいかなかったのかも知れません。そう、その長男が私です。当時の私は慶応義塾大学の学生で、経済学部なのに「弁護士になる」と言って、オヤジや弟からすると、「寝言は寝てから言え。ちゃんと就職して真っ当な人生を送れよ」と思っていたでしょう。実際、高卒で就職し、早くに結婚した弟からは相当言われました。

オヤジは、私に嫌味を言ったりはしませんでしたが、司法試験に合格する以外に私の人生が先に進まないので、司法試験に合格することを最優先に、それ以外のことは価値を見出してくれない雰囲気を感じました。実際に、オヤジからは「我が家の金食い虫」と言われて悔しい思いをしました。また、一般社会からは、司法試験に合格するまでは人間扱いを受けていなかったように感じておりました。

私自身も気が狂いそうでしたが、オヤジはこの親不孝で金食い虫の息子を一人前にするために定年までしっかり勤め上げ、息子の司法試験合格を必死で支えてくれたのだと思います。そういう意味では、私は井上家の金食い虫で手間のかかる息子だったのかもしれませんが、妻を亡くしたオヤジに生き甲斐を与えた存在だったのかもしれません。

オヤジには末永く健康で生きてほしいです。そして、「今のオヤジの生き甲斐はなんだろうか?」とふと考えております。私は全く分かりませんが、オヤジには何か生き甲斐があるのだろうと思います。

2、謙虚であること～部下が偉く見える～（2020年10月）

・顧問先研修を終えて

先日、「リーダーにとって大事なこと」と題して、顧問先企業様の経営幹部向け社内研修の講師を務めさせていただきました。この企業様では、毎年、経営幹部向けと一般従業員向けに分けてコンプライアンス研修を実施しており、私が経営幹部向け、当事務所の若手弁護士が一般従業員向けを担当しております。

昨年はコンプライアンス研修ということで小難しい法律の話を多く盛り込みましたが、今回は、人間の本性、生物としてのＤＮＡの話から始まり、共同生活を営むために人間に備わった理性をバックボーンとしながら、指導者としての心構え、部下に対する接し方や人材育成についての持論を展開しながら、指導者にとって大事な３つのことを挙げて、指導者として、人間として目指すべき生き方についてお話させていただきました。

決して堅苦しい話ではなく、東京高検検事長のマージャン事件等を踏まえ、人間という生き物の本質について私なりの考えを述べさせていただき、その上で指導者として人一倍人間性を磨き、理性を持って、謙虚な気持ちで経営に当たっていきましょう!というお話をさせていただきました。

研修後、顧問先企業の社長様からは「人間性を磨いていく」「謙虚」ということばが胸に突き刺さった、というコメントをいただきました。

・謙虚であること、部下が偉く見える

経営者の皆さんは、「謙虚でいよう」と耳に胼胝ができるほど聞いてこられているかと思います。もちろん、ご自分で「自分は謙虚だ」と思っておられる方、「分かっているけどできない」方など様々かと思います。

最近私が読みました松下幸之助氏の書籍で、「謙虚であること」について書いた一節が、凄く自分に入ってきましたのでご紹介させていただきます（「経営心得帖」などから抜粋し要約)。

「謙虚な気持ちでいれば他人の偉大さが分かります。そうすると、自分の部下はたいてい自分より偉いなという気持ちになります。部下がアカンと思っている間は謙虚であるとはいえません。もちろん、全部が全部というのではなく、自分より劣っている人もありましょう。が、謙虚であれば、そういう部下でもその長所が分かり、その用い方も分かってくると思うのです」「私には部下がみんな自分より偉く見えるのです。もちろん、私は社長という職にありましたから、部下に色々注意したりボロクソに叱りつけたこともあります。けれどもそれは、社長といった職責においてやっているのであって、個人として自分が偉いからしている訳ではないのです。叱りとばしながらも、内心では〝この人は自分より偉いな〟と思っている訳です」

さらに松下さんはお得意先の社長さんで、「松下くん、どうもうちの社員はあかんわ。困っとんや」というように、自分のところの社員を悪くいう人がいる。その人自身は立派で手腕もあるのですがそれだけに部下の人が物足りなく見えるのだろう。そういう会社は必ずと言っていいほどうまくいっていない。

反対に、「自分の部下はいい人間ばかりで、本当に喜んでいるのだ」というような方のところは、みな成績もあがり、商売も繁盛しています。

上に立つ人が、自分の部下は自分より偉いなと思うか、それともアカンなと思うかによって、商売の成否が分かれてくると思うんです、とも仰っています。

「経営の神様」とも言われる松下さんのことばに、私はビビッとくるものがありました。「まさにこれが経営・人使いのコツなんだ!」と。創業社長さん、あるいは「先生」と言われる方々は、ご自分に能力も熱意もあるので、部下の仕事が物足りなく見えて、ついつい口出ししたり、「こいつアカンわ」という気持ちになりがちです。しかし、そういう方がトップの組織は、トップが見られる範囲でしか大きくなりませんし、トップが引退すると衰退してしまうことが多いでしょう。

なぜ松下さんがこのような気持ちになれたのかを考えてみました。松下さんはもともと身体が弱く病弱で、学校も小学校しか出ていない、いわば社会的にみれば劣等生に当たる方だったかもしれません。だからこそ、出来ない人の気持ちが分かり、自分に代わって仕事をしてくれる部下に対して自然と感謝の気持ちを持つことができたのではないかと思います。

では、病気もせず才能もあってバリバリやっている人間はどうやったら謙虚になれるのか?という疑問が湧くかと思います。ごくありきたりに言えば、「挫折を味わうこと」でしょうか。若くてブイブイいわしていた人も、どんどん世界が広がり自分より強い相手を知ったり、あるいは年齢を重ねて病気もするでしょうから、いつも自分がフル回転で仕事が出来なくなるはずです。その時に、部下に対してどのような気持ちを抱くのか。そこがポイントになるような気がします。

私の場合、部下や組織の成長のためには、部下に権限と責任を与えて、「社長は敢えて口出ししない。動かない」ことも社長の仕事ではないかと思うようになりました。そして、「ありがとうおじさん」になって、所内で「ありがとう、ありがとう」と言い続けていることが部下や組織の育成には大切ではないかと思うようになりました。

ちなみに、不思議なことに、私が「ありがとう」と言い続けていたら、他の弁護士達も、所内で「ありがとう」と自然と言えるようになっているのです。本人達は気づいていないのかもしれませんが。

今回は、松下さんの著書から私が学んだ商売・人使いのコツについてお話させていただきました。

3、知らぬは社長ばかり…（2021年2月）

新年ももう2月になりました。年末年始は大雪にウイルス対策も重なり「ステイホーム」で過ごされた方が多かったかと思います。私も基本的には、読書と、高校・大学ラグビーの中継を観て過ごしました。読書は、松下幸之助さんや田中角栄さん関連の書籍が中心でした。その中で、自分の経験と書籍の記述内容がオーバーラップして、ある言葉が私の脳裏に浮かびました。それが、「知らぬは社長ばかり…」。要は、社長自身は組織の中で自分の知らないことはない、あるいは重要な情報は自分が一番よく把握しているはずだと思っているけど、実際は社長だけが重要な事実・情報を知らされていないということです。

おそらく、全ての経営者の方がそのような経験をされているのではないでしょうか。特に、悪い情報は社長には伝わりにくく、組織の中で社長だけが知らされていなかったということを知って愕然とされたご経験が、ほぼ全ての経営者の方におありかと思います。その事実を知って、「自分は社内のことを何でも知っている」と思っていたことが驕りであったと反省し謙虚な気持ちで経営に当たられる方と、「何でオレだけ知らないんだ！」と従業員に当たり散らす方とで、その後の会社の行く末は180度変わってくることかと思います。

・下意上達とは？

松下さんは、衆知を集めるためには、「上意下達」以上に、「下意上達」が大事だと仰っています。つまり、一般の従業員の考えが社長の考慮に響いているのか、汲み取られているのか、さらには、会社にとって都合の悪い情報を、従業員が社長に包み隠さず報告出来ているのか、ということです。これが出来ていないと、正確な事実・情報を把握できていない社長は、経営判断を誤り会社に大きな損害を及ぼしてしまう可能性があります。

この点について松下さんは、経営者たる人が嫌なことを聞いて機嫌を悪くするようでは、嫌なことは社長に伝わらないようになり、社長には実際のことが分からなくなってしまう、嫌なこと、嫌な話ほど自ら反省すべき点、改善すべきところを含んでいることに思いをいたすべきだと述べておられます。

皆さんはこのお話を聞いてどのように考えられるでしょうか。「なぜオレだけ知らないんだ！」と怒りたくなる気持ちはグッと堪えて、大事な情報がすぐに社長に伝わるような雰囲気を絶えず社内で作っておくことが肝要ではないでしょうか。そのためには、社長は日頃から、「私が嫌なことでも話してくれよ」と従業員に伝え、また、絶えず従業員の考えていることを引き出すという態度をとっていくことが必要だと考えます。

4、ワンチャンスをものにする　～素直な心で強く思い続ける～（2021年5月）

・強く思い続けるといつか結実する

私のニュースレター2017年9月号（本書216頁）で、私は、「力の限り生きたから未練などないわ」というドトールコーヒー創業者鳥羽博道氏のことばを引用しながら、その当時、全米プロゴルフ選手権で惜しくも優勝を逃したプロゴルファー松山英樹選手の激闘ぶりと試合後の様子について書かせていただきました。あの時はサンデーバックナインを迎え、残り9ホールで単独首位に立ちながら、同組のライバルにピッタリとついてこられて、最後は松山選手が逆転されてしまいました。私は、あの時松山選手の流した涙は、単なる悔し涙ではなく、「力の限り、全力でやり切った者」だけが流せる涙じゃないか、いつか勝利の涙を流せる時がくるのではないか、と書かせていただきました。

あれから4年近く経ちましたが、皆様ご承知の通り、先月、松山選手がついにマスターズで優勝しました。日本国民からの期待を一身に背負いながらもここ数年結果を出せず苦しい思いをしていたと思います。だけど、松山選手は、「いつか必ずやってやる」と強く、強く思い続けて、遂に訪れたチャンスを掴んだのですね。

私はゴルフ大好き人間で、自称「島根の松山」（笑）としてゴルフを楽しんできましたが、土壇場での松山選手の粘り、落ち着きをみていて、言葉が出ませんでした。松山選手は、本当に苦しい思いをしながらも、強く思い続けて試行錯誤しながらここまでの技術と精神力を身に付けたんだなと伝わってきました。

不謹慎かもしれませんが、私の中ではオリンピックの前にマスターズでお腹いっぱいです。今年の夏は、甲子園などコロナ前に夏の風物詩として定期的に行われていたイベントが開催されれば、私としてはそれで十分に満足です。

・ワンチャンスを生かす

よく言われる人生訓に、「チャンスはみんなに平等に訪れる。しかし、決定的なチャンスは一回しか来ない。そのワンチャンスをものにできるかで願いが叶うかは決まる」という教えがあります。私はこの教えがとても好きで、いつ来るか分からないけど必ず来る、しかも一回しか来なくて、下手すると来ていることすら気づかないワンチャンスをいかにして生かせるか、常に自分の夢や目標を持ち、アンテナを張るように気をつけているつもりです。といいつつ、チャンスが来ていることにすら気づかずスルーしてしまっていることが多いのかもしれませんが（汗）。

ワンチャンスをものにするためにはアンテナをいかに張れているのかが大事だと思います。アンテナを張っていると、「今がチャンスだ」と気づく感性が育ちます。松山選手の場合も、大会前日の練習の時から、自分に吹いている風、何かのお告げを感じ取ったそうです。そして遂にきたマスターズ優勝のチャンスを見事にモノにしました。

・素直な心

松下幸之助さんが好んで使っておられた言葉に「素直な心」というのがあります。松下さんによれば、「素直な心」とは、従順なことではなく、一つのことにとらわれずに、物事をあるがままに見ようとする心をいいます。

感情によって心が乱れてしまい冷静な判断ができなくなることもあるでしょう。目先の利益につられて大きな視点から心を落ち着かせて判断できないこともあるでしょう。「素直な心」は、私心なく、くもりのない心をいいますので、そういう心からは物事の実相をつかむ力も生まれてきて、真理を掴む働きもあります。物事の真実を見極めて、それに適応していく心だということです。思いますに、日々、力の限り生きていたから土壇場に強くなるし、松下幸之助さんのいう「素直な心」でいられるようになるのではないでしょうか。

力の限り生きるというのは、何も全てにおいて力ずくでガムシャラにやることではありません。強い願いを持ち続けることはもちろんですが、「素直な心」でいると、諫言に対しても謙虚に耳を傾けることができ、衆知を集め、それにより広い視野を持つことができるのです。広い視野を持てば、勝負所に気付く感性に磨きがかかり、土壇場でも焦らない、落ち着いて冷静に客観的な判断をして行動できるようになります。

報道によれば、松山選手はこれまで、「自分のスイングは自分が一番よく分かっている」と言って頑なにコーチをつけることを拒んできたそうです。しかし、昨年12月からプロコーチをつけ、流れが変わったそうです。つまり、他人の話に耳を傾けるようになり、その中に諫言があっても謙虚に耳を傾け、広い視野を身に付けたのではないでしょうか。そして身に付けた広い視野で、今回の勝負所に気付く感性が働き、土壇場でも落ち着いて冷静に判断し、プレーできたのだと思います。「心に波を立てることなくあまり怒らずにプレーできた」という松山選手の言葉はそのことを如実に語っているのではないでしょうか。

松山選手のマスターズでの優勝は、まさに「素直な心」でプレーした集大成だったように思います。

・素直な心の効用

素直な心でいることの効用として、私が特に重要と感じるのは、強く思い続けることでアンテナを張り続け、ワンチャンスをものにしやすくなること、衆知を集め、それにより広い視野を持つことができ、勝負所に気付く感性に磨きがかかり、土壇場でも焦らない、落ち着いて冷静に客観的な判断をして行動できるようになることだと思います。

私自身は私心の塊ですが（汗）、自分の人生を振り返ってみると、たまに「素直な心」でいられたからこそチャンスを引き寄せそれを掴んだということもありました。

惚気話になりますが、妻との出会いもそうでした。出会ったその日に、「このコだ。間違いなくこのコだ！このコを逃がしたら結婚するチャンスはもう来ない」というくらいのつもりでアタックをかけ、出会ってから数か月で婚約に至りました。これも、私が結婚について強く思い続けてアンテナを張っていたからこそ、勝負所に気付き、このワンチャンスをものにしようと行動した成果でした（詳しく聞きたい方は、私とお会いした時に訊いてください（笑））。

仕事の話をすると、当事務所は、おかげさまで100社以上の企業様と顧問契約を締結しておりますが、具体的に顧問先が増え始めたのは、11年前に今の事務所に移転してからのことです。それまでは裏道の雑居ビルに事務所を構えておりましたが、よく目立って立派で、広いビルに事務所を移転させせることで「事務所のブランド価値を上げよう」と構想を練っておりました。そうしたところ、移転のきっかけは本当にワンチャンス、張っていたアンテナに引き寄せられた感じでした。面積は3倍以上に広がり、立地がいい新しいビルでしたから家賃は何倍にもアップするので逡巡しがちですが、私は日々構想を練っておりましたから、巡ってきたチャンスに落ち着いて冷静になれ、ほぼ即答で移転を決断できました。その後は毎年10社ずつくらいの企業様と顧問契約を締結できるようになり、ブランド戦略が成功した事例だと思います。駆け出しの名もない弁護士にとっては、飛躍への大きなきっかけとなりました。

また、「弁護士になったからには、一冊くらいは専門書を執筆したい」と考えていたところ、東京の会議で私は積極的に発言して、「島根の井上」と覚えていただくようになりました。そして東京の企業法務の専門家ともいうべき弁護士さん達から次々に共同執筆のお声を掛けていただき、気づいたら専門書を今日現在で6冊も執筆することができました。足繁く東京の会議に通い、積極的に会議に参加して、チャンスを掴もうと意識してきた成果だと思います。

さらに話は飛びますが、私としては、田舎の弁護士でありながら、やはり全国に名を馳せたいという野望?を持ちつつ、通常の弁護士業務以外にも、弁護士の資格を利用した別の事業や仕事をしたいなという思いを漠然と持っております。

そうしたところ、昨年の冬に「週刊新潮」の代理店からインタビュー記事掲載の打診がありました。狙っていた展開ではありますが、いざ本当に全国誌で、しかも週刊誌の中では業界2位の発行部数を誇る雑誌に私が掲載されるとなると、嬉しい反面ある種の迷いが生じました。そこで義父に相談してみました。義父は済生会江津総合病院で名誉院長を務め、山陰の雑誌や新聞ではよく寄稿していますので相談相手として打ってつけでした。

義父は、「新潮も誰彼構わず声を掛けている訳じゃないぞ。しかも東京からわざわざ島根まで取材に来るというんだから、晴ちゃんのことをかなり調べてから連絡してきているはずだ。こういう全国レベルの世界に足を踏み込んだら、見える世界が変わってくるはずだよ」と言って私の背中を押してくれました。私が「素直な心」でいることにより、衆知を集めることができ、広い視野で冷静な判断をすることができた事例です。

これから先の私の人生、まだまだ明確な目標になっていない部分もありますが、漠然とした思いが少しずつ現実になりつつあります。松下さんのいう「素直な心」が自分の中で徐々に血となり肉となりつつあることを感じます。

5、そこそこ出来ている　現状で困っていない（2021年6月）

人間は、学校での成績、仕事での成績（特に経営者は経営数値）など日常生活の中で様々なことについて数字で客観的に評価されることが多いです。これによって、他人との比較が否応なしになされることになり人間社会での競争が生み出されます。最近は、そのような競争・他人との比較に疲れた人達が増えて、「自分らしく、自分のペースで」ということも言われるようになり、価値観が多様化しているように思います。ただ、会社を経営し、従業員を抱え、他社と取引関係を持った場合、事業を継続していくことが、まずは経営者に課せられた社会的使命になります。事業を継続するためには、他社との競争、比較というものは避けて通れないものとなり、そこを避けていたら会社は倒産していくことになりかねません。

大変語弊のある言い方で気を悪くされたら申し訳ありませんが、私のような県外で生まれ育った者からすると、俗にいう出雲人気質とでも言うのでしょうか、「鎖国をして地元だけで経済が回っている島根県のような地域であっても、長いスパンで考えると、地域経済を維持するためには、外敵との競争と付き合い少しずつでも技術革新をしていかないと、人口減と相俟っていつか干上がってしまう危険がある」ように思います。島根県にもどこかで開国のタイミングが訪れそうな気がしております。

特に問題なのは、最下位という訳ではないが、トップでもない中途半端な成績でそこそこ出来ていて、現状は取り立てて困っていない方々にとって、変化の必要性は感じず現状維持でそのまま過ごしてしまう場合の安定性と危険性のバランスです。出雲部（島根県）の中で経済が回ってしまっていて、現状でやれてしまっている場合等が想定されます。

私が崇拝する野村克也氏の著書に次のようなくだりがあります。少し要約しますと、「変化するということが人間にとっては難しいことだ。だから、大多数の人々が自己変革できず、結果を残せないまま終わっていく」。

まず、人はこれまでの取り組んできたことに慣れてしまい、そこにある問題点にも気づかなくなる。固定観念が出来上がってしまい、今までのやり方、考え方を壊すことが難しくなってくる。

また、変化すること自体に大きな恐怖を感じているという面もある。例えばここ数年打率2割7分、8分を打っているバッターが、3割を目指しているとする。当然、同じことを繰り返していれば、現状維持か次第に打率が下がってくるであろう。

だからこそ何かを変えなければならない。しかしそこで、「何かを変えて、2割5分しか打てなくなってしまったらどうしよう」という恐怖にとらわれる人が多い。このように、現状でそこそこできている場合は特に、変えてみて、逆に悪くなったらどうしようかと考えがちだ。

しかし、こういったネガティブな思いにとらわれるようになると、次第に「自分の能力では、この辺りが限界だ」といった自己限定の気持ちに傾いてくる。こういったタイプの選手は、自身の体力の衰えや新人の加入等により徐々に成績が下降してきて、いつの間にか球界から消えていくことが多いということです。

つまり、現状で一応のことが出来ていたら、今までのことを繰り返していたら安定するのでさらに上を目指そうという気持ちが起きにくいのです。

しかし他方で、自分自身の体力が衰えてきて（島根県で言えば人口減少による経済規模の縮小や集落の消滅等）、今までと同じスタイルであれば成績が徐々に下降してくるし、新人の加入、ＦＡやトレードによる新たな選手の加入（島根県で言えば、同業他社等の外敵の侵入）により、ポジションを奪われる危険もありえます。

だからこそ、「自分の能力では、この辺りが限界だ」といった自己限定の気持ちを忘れ、常に自己変革を重ねていかないと生き残っていけないのです。

・自分の能力では、この辺りが限界だ

残念ながら私自身も、年齢を重ねるたびに、「自分の能力では、この辺りが限界だ」といった自己限定の気持ちが頭をよぎることが増えてきました。身体的な衰えは間違いなくありますし、これまでの人生で自分の能力や適性をある程度把握できているので、自分一人でできることの限界が見えてしまうのです。

だけど、これはただ単に、自分自身が身体を動かし一人で出来ることの限界を知ったり、自分の余命が減ってきているという事実があるだけだと思います。つまり、自分自身ではコントロールできない事柄を悟っただけであって、自分の周りの人達の力を借りることでやれることはたくさんありますし、これまでの人生で培ったアイデアを生かして、それまでの自分では想像もつかなかった大きなことを成し遂げることもできるはずです。

有名なところでは、ケンタッキー・フライド・チキンの創業者カーネル・サンダースは、それまで経営していたガソリンスタンドやレストランを全て売却し、65歳の時に老後の生活資金を稼ぐために、「店を持たずに自分のフライドチキンの作り方を他の店に売れば良い」と考えつき、フランチャイズで多店舗展開をするようになりました。これがケンタッキー・フライド・チキンの誕生です。

普通なら「老後の資金を軽く稼げる小さなビジネスを」と考えがちですが、カーネル・サンダースはこれまで培った経験等から「フライドチキンの作り方を売ればよい」と思いつき、ビッグビジネスに繋げた訳です。人生どこでどういう可能性が転がっているか分かりません。

パナソニックの創業者松下幸之助氏も、自分自身は、病気がちで学歴もなく、自分自身がやれることは限られたはずです。それが、謙虚な姿勢で周りの人達の衆知を集め、自分にできない事を出来る人に任せることで事業を大きくし、「人使いの天才」と呼ばれるようになりました。

自己限定の気持ちがどれだけ人間にとって勿体ないことか分かるエピソードかと思います。

・うまくいった理由を追究する

さらに、野村克也氏は、失敗した時に失敗した原因を考えるのはよくあることだが、それ以上に、勝った時に、「なぜ、うまくできたのか」、「なぜ勝てたのか」を考えることの重要性を説いておられます。

その理由としては、①どのような要因で勝てたのか、うまくいったのか、そこを検証して、勝つためのノウハウとして整理することで、以後、同様のケースや、他のケースにおいても応用できる知恵になること、さらに②それによって「変化を読む」ことができるようになることを挙げておられます。

「変化を読む」というのは、つまり、自分が勝ったとしたら相手は負けている訳です。立場を変えて考えれば分かりますが、相手は、こちらに「なぜ負けたのか」を必死で検証している可能性が高いのです。そして次は絶対に負けないように対策を練ってくるはずです。その相手の変化をいち早く読むためにも、勝利のあとに、「なぜ勝ったのか」を検証しておくのです。それによって、事前に相手の変化を予測して先回りすることも可能だし、相手が何か違う動きを始めたとしても、織り込み済みなので、慌てることもない、ということです。

こうしてみますと、今現在で勝ち続けている企業様も、「自分たちの業績がなぜいいのか」、「ライバルはどのような動きをしているのか」といったことを常に考えておくことで、自分達の変化の必要性を感じ、更なる高みを目指せるようになります。仮に社会情勢や競合他社との関係で経営数値を伸ばすことが出来なかったとしても、自分自身がレベルアップしていることにより状況が悪化したりすることを防ぐことが出来るのです。

負けている側としても、勝っている側がどのような動きをしているかを観察することで、相手に慢心があるのか、それとも更に努力を重ねているのか状況を把握し、これからの対策を考えることができるのです。

・諸行無常の響きあり

今回のお話は、世の中は常に変化しており、その変化に対応すべく自己改革を常に重ねていくべきであること、自分の能力を限定せず可能性を信じて努力を続けることが大事であることを述べさせていただきました。

「出雲人気質」のくだりは気を悪くされた方もおられるかもしれませんが、ヨソモノである私からみた一意見ですのでご容赦ください。

私も島根に移住して16年。出雲人気質については良くも悪くも経験させていただき、立ち振る舞いにも少しずつ慣れてきました。世界中で猛威を振るう新型コロナウイルスの感染状況について、日本国内では島根県が最も被害が少ないというのも出雲人気質が良い意味で影響しているような気がしております。目に見えない国境が引かれていて、それを越えてきたヨソモノがやってきても必要以上に交流していないのでしょう。

他方で、商売上の外敵の侵入については、大手が進出してきても、これまでは「高くても地元の商品を買う」という出雲人気質で撃退したり、そもそも島根の経済規模では大手が進出するうま味がないという理由等から守られてきました。

しかし、近年は出雲平野に大規模な商業施設が多数進出するようになって、地元業者も徐々に苦しくなり、残念ながら倒産するショッピングセンターのお世話を何件も経験させていただきました。いくら鎖国（出雲人気質）をしていても、現代の社会の変化と人口減少の中では、島根も変わらざるを得ない状況になっています。

冒頭に述べました「そこそこ出来ている、現状で困っていない」というのは島根県においても過去の話になり、これからは変化を受け入れ、島根県の良さを生かしながらも自己変革を重ねていかないといけない時代になったように感じております。

6、経営計画発表会を開催する意義（2021年10月）

当事務所は6月決算ですので、決算内容を踏まえ、先日、事務所の会議室で通算16期（法人第9期）の経営計画発表会を開催しました。うちの事務所では、法人化してから毎年開催しています。銀行や取引関係者もお招きして開催する企業様もおられますが、うちはこじんまりと職員だけで行っています。

このような発表会は、職員に経営理念を浸透させてベクトルを合わせる以前に、社長自身の頭の中を整理して、短期的な視点だけでなく、社長として中長期的な視点から、事務所の方向性を「夢と現実を交えて」まとめていく機会になっているのだと思います。私自身も、社長として事務所の現在と将来に思いを馳せて、文章にまとめあげることは毎年続けていきたいと思います。

・文字の羅列ではなく思いを込めて

どの企業さんも、銀行からの要望もあるからだと思いますが、毎年経営計画自体は作成されていると思います。ただ、気になるのは、数字だけの経営計画を作成される方も見掛けることです。数字だけの経営計画は、経営計画というよりも、希望含みの「経営の数値見込み、推移予想」をただ並べただけです。もちろん、今後の業績見込みは、会社を経営するにあたってとても大事なことだと思います。しかし、それだけでは、経営者の経営への思い、魂が見えてこないのではないでしょうか。やはり経営者自身のことばで経営への思いを言語化することが大切ではないでしょうか。ヘンテコな文章でも何でもいいと思います。経営者の今後の会社経営への思い、計画を言語化することで、経営者自身の頭をクリアにし、自分の心底からの思いが明確になってくると思います。

・とにかく言語化することが大事

私自身は法人化してから、毎年経営計画書を作成しております。職業柄文章を書くことが苦にならないからか、かなり分厚いものになってしまいます。

正直なところ、毎年全面的に書き換えるほど、新しいネタが出てくる訳ではなく、毎年同じことを書いている箇所もあります。

しかし、私はそれはそれでいいのかなと考えています。毎年同じことを言うということは、そこがその会社の経営において大きな幹となる大事な部分である可能性が高いからです。もちろん、将来的な展望を考えるとそこに囚われるのではなく新たなことを考え、チャレンジしていかないといけない場合もあります。そこは客観的な目で見ながら修正していくことになると思います。また、夢みたいなことをたくさん書いてしまうこともあろうかと思います。だけど、夢はみて口に出さないと現実になりません。口に出すことで、どうやったら実現するのだろうか?と考えるようになり、実現するためのステップが見えてくることがあります。

とにかく、経営者は、自分の思いを言語化してみることが一番いいと思います。全てはそこから始まると思います。そして、社長自身の思いを整理できて初めて、従業員とベクトルを合わせられると思います。

7、決断するということ（2022年4月）

国内外が政治、経済、医療あらゆる分野で混迷を極める中、4月を迎えました。混乱の中にも、自分の置かれた状況を冷静に見極め、決断し行動していきたいものです。

我々経営者は、日常生活でのプライベートなことはもちろん、経営者をしていると業務上決断すること、しなければいけないことが次々と降りかかってきます。決断するに当たっては、決断するための判断基準が必要ですし、その時の状況によって重視する判断要素が変わってきます。スピード感も、即決するのか熟慮して検討を重ねるのか、さらに、今決めないといけないのか、もう少し寝かせておけるのかも違ってきます。

決める場合も、決断する内容が大切なのは当然ですが、決断して事を起こすタイミングも決断の成否を握ってくることもあります。さらに物事を複雑にするのは、その日の体調や精神状態によっても決断の精度が変わってくるので、その日は決断をしない方がいい日もありますよね（逆に今日決めた方がいい時もありますよね）。

・決めて断つ

世の中には、決めるまでどうしようか迷いに迷ってなかなか決めれない人も多いですよね。うちの家内がまさにそうです。うちの夫婦では、いつも迷っている家内に、私が決めるための後押しをする役目を果たしていることが多いです。

私は、決めるということはそれによって迷いを断ち切り、決めたことに一心不乱に打ち込める素地を作ることだと考えます。私からすると、決めるまで悩んでいる時間やエネルギーが勿体なく（どうせ同じ思考がクルクル回っているだけです）その間にタイミングを逃してしまうことだってありますよね。結婚相手を決めるのは分かりやすい例ではないでしょうか。

体調や精神状態が思わしくない時は、心身を整えてから改めて決めればいいのです。そして決めてしまったら、決めたことに一心不乱に打ち込むことが大事で、迷いながら中途半端な気持ちで、決断したことを実行するのが最悪だと思います。決めることで、迷いを断つのです。

・決断するに当たって大事なこと

では、どうすれば迷いがなく落ち着いて行動のできる決断をすることができるのでしょうか。これは私も偉そうなことを言いながら即効性のあることは言えません。

一つ言えることは、決断するトレーニングをたくさん重ねて、日々その決断過程を遡りながら反省を繰り返して精度を上げていくことだと考えています。私の場合は、自分の中の判断基準を持った上で、その判断基準に照らして判断するようにしていて、自分を取り巻く状況を冷静に見渡しながら、そのタイミングを計ります。基本的には、自分の心の中で整理がついたら即決に近い形で結論を出すことが多いです。もちろん、心身の状態が整っていない時は重要な判断はしないようにしています。

決断するための判断基準は、日々アンテナを張って行動し、たくさん勉強することで自然と身に付くことではないでしょうか。自分で勉強して体得した判断基準という下敷きがないのに、いきなり決断するのは無理ですよね。経営者は日々感度を上げて、たくさん勉強して決断するための素地をしっかりと作っていくことが大切だと考えております。

8、自分のことは自分で守る（2022年5月）

・戦争の残忍さ

今年は新型コロナウイルス騒ぎに出口が見えかけたと思いきや、平和の祭典・北京オリンピックが終わってすぐにロシアのウクライナ侵攻が起こりました。私が高校生の頃発生したアメリカとイラクの湾岸戦争は、デジタル化した技術にあっけないものを感じましたが、今回のウクライナの被害状況を見ると、子供の頃学校等で教えられた第二次世界大戦での戦禍を思い出し、改めて戦争の残忍さを感じざるを得ませんでした。

・スローガンを具体的な行動に落とし込む

ウクライナの状況をみるにつけ、世界ではアメリカを中心とした民主主義諸国がロシアを思い止まらせるよう経済制裁など様々な対応を採って対抗しています。これはまさに力VS力の争いで、人類が有史以来行ってきたことを現代において繰り返しているといえましょう。

平和憲法を持つ日本は、日本国憲法9条を掲げて平和を訴えます。市民運動や政治家も平和を声高に唱えます。しかし、憲法9条の平和主義を訴えた上で、どうやって世界を平和にしていくのか、あるいは日本国が他国に攻められた時にどうやって自国を守っていくのかについて有効な議論がなされているのかというと疑問を感じます。むしろそこは思考停止しているのではないでしょうか。

戦争に限らず、何かの理念やスローガンを掲げる時、そのスローガンを掲げただけで、自分達のこれからの行動について考えている人は意外に少ないように思います。

大事なのは、その理念やスローガンについて理解するとともに、これからの行動に落とし込むことではないでしょうか。

・自分のことは自分で守る

平和主義に関しては、いざ日本に外国が攻めてきた場合にどうやって守るのか、そこが思考停止しているように思います。無抵抗に外敵にやられっ放しで死んでいくのでしょうか。あるいはアメリカが守ってくれると信じ込んでいるのでしょうか。

私が思いますのは、人間というのは基本的に自分勝手な生き物ですので、アメリカにとって日本を守るメリットや余裕がなくなれば、直接的に日本を守るという行動を取ってくれる保証はありません。戦争になる前の段階の対策を含めて、日本は自分のことは自分で守るよう覚悟を決めておかなければならないと思います。それは武力を増強することだったり、経済面から絶大な力を持つことだったり、長年戦争に苦しめられてきた欧州諸国の対応に倣ってみたり色々と考えられると思います。

要は、日本は武力を増強すべきということを言いたいのではなく、アメリカが何でも助けてくれると思い込んでおんぶに抱っこ状態ではなく、自分のことは自分で守るという意識、覚悟を持つ必要があるように考えます。具体的な手法は、覚悟を持った後で浮かんでくると思います。

・自分を犠牲にして安請け合いしないこと

「自分のことは自分で守る」ということについて、日本の国防という大きな話ではなく、我々の日常生活に目を移しても大事なことがあります。それは、「安請け合いしない」ということです。断る勇気を持つことですね。

皆さん、思い浮かぶことがたくさんあるのではないでしょうか。肉体面だけでなく精神面も含めて自分の許容量を超えて何かを引き受けてしまうことがありますよね。

このことによって、取返しのつかない失敗をしてしまい人生が変わってしまう人もみかけます。

例えば、自分の限界を超える量や質の仕事を受けてしまったばかりに心身に疲れが溜まり、それが原因で自動車事故を起こしてしまったり、自律神経を乱して仕事復帰が困難になってしまう人もいます。この場合、自動車事故の責任は保険金以外のことは全て自分に降りかかってきます。仕事が出来なくなったからといって、誰かが自分のそれまでと同等レベルの生活を保障してくれる訳ではありません。つまり、自分を犠牲にして頑張っても、悪い結果のリカバリーを誰も助けてくれないので、「自分のことは自分で守る」ことが大切になるのです。これは自分自身の私生活や仕事上の出会い等を通じて強く感じるところです。

・自分を守るためのネットワーク作りも大事

　ここまでは自分を犠牲にして、許容量を超えることを受けたばかりに自分を守り切れない程の事態が生じた場合について述べました。

　他にも大事なこととしては、いざという時に自分を助けてくれるネットワークを作っておくことだと思います。それは人と人のつながりが大きなウエイトを占めると考えます。現代社会において、何らの利害関係なしに繋がるのは難しくなっていますが、何らかの関係を形成しながら、自分の健康のことを気軽に相談できる医者、何かあった時にはすぐに対応してくれる弁護士、困ったことの相談に乗ってくれて、専門家を紹介してくれる知人等のネットワークを形成しておくことは、「自分のことは自分で守る」ために大事なことです。自分のことは自分でしなければなりませんが、予め自分の力になってくれる人脈を作ることは「自分のことは自分で守る」ことにつながると考えます。そして、このような人脈は、一生懸命生きていることにより自然と集まってくるように思います。

9、松江の常識は大阪の非常識～私に染みついたＤＮＡ～（2022年9月）

お盆が過ぎてようやく秋めいてきました。気づいたらもう9月です。ところで、お盆期間中、私は基本的に松江市内で過ごしておりました。市内を運転していて激しく感じたことがありました。それは、お盆期間中は、道路左側の脇道から無理なタイミングで道路に進入してくる車がやたらと増えたことです。こちらも気づいているので事故には至りませんが、ブレーキを踏んでこちらの快適なドライブを邪魔されたのは間違いありません。

そして、大阪で生まれ育った私には分かります。こういう強引な進入の仕方をしてくる車はほぼ間違いなく、大阪方面の車なのです。実際にナンバーを確認すると、

１００％の確率で、大阪、和泉、なにわナンバーでした。私は、心の中で、「こいつらオレの快適な生活を乱すなよ。大阪人来んように鎖国してくれ」と思ってしまったのは言を俟ちません。他方で、ふと思ったことがあります。「オレも生粋の松江人からしたらガラの悪い運転してるんやろな…」。

家内からはいつも私の運転のガラの悪さを指摘されます（汗）。大阪で生まれ育った私には大阪人の思考・行動過程が染みついているのでしょう。大阪人からすれば、前記のような運転は「平常運転」です。「松江の常識は大阪の非常識。大阪の常識は松江の非常識」。狭い日本ですが、地域によって人々の思考・行動様式が全く異なるということを改めて感じた次第です。松江人っぽくなってきた私ですが、私に染みついたＤＮＡは大阪人のままなのだと思います。

10、人間に与えられた時間とやりたいこととの関係（2022年11月）

・日々訃報に触れることが多くなりました

稲盛和夫氏、アントニオ猪木氏、石原慎太郎氏…、ここ数か月をとっても著名人がたくさんお亡くなりになりました。我が国では高齢者の人口が多い以上、高齢者の訃報が多くなるのは当たり前のことではありますが、社会的にご活躍されていた方々の訃報に触れるにつけ、「諸行無常の響きなり…」という一節を思い出します。

そして、人間の死が身近なものとして感じられ、私も「あっという間に自分も高齢者になって亡くなるかも知れない、私自身も自分の残された人生を如何にして過ごすのか大切にして日々を過ごさないといけない」と感じている次第です。

・思い描いた理想と現実のギャップ

ここで、人生で与えられた時間と経営者としての心持ちのお話をしましょう。

人は自ら事業を興したり、他者から経営者の立場を引き継いだりして経営者になります。経営者になったからには、事業家としての夢や目標を持つはずです。夢の中身は、売上等の事業規模であったり、やりたい事業領域であったり様々で、中にはその事業を通じて社会にどのような貢献をしたいのかという青写真を描いておられる方もおられると思います。特に創業者は、無から有を作り出したのだからその思いは人一倍強いことでしょう。この思いは、事業で多少なりとも成功すれば、益々強くなるのではないかと思います。

実は問題はここからです。創業当初や経営者に成りたての頃はなりふり構わず事業に邁進できていたのが、人やお金の問題でトラブルを抱えるなどして事業が停滞し踊り場に立った時に、これからの自分の人生や会社の将来を考え思い悩んでしまうことがあります。そこでどういう判断を下し行動に出るかにより、事業を再浮上させたり、逆に会社の破滅を招いてしまうかに分かれてきます。

要は、自分の思いと現実とのギャップに直面する訳です。これは経営者に限らず、学生時代に描いた夢と現実、大人になってからの人生への理想と現実等、誰でも直面するはずです。

・事業家としての野心と残された時間

大事なのは、そこから自分がどのように生きていくのかを判断して行動することです。そこでは自分に残された時間という時間軸が入ってくるので複雑になります。残された時間というのは、経営者であれば、自分の年齢、健康状態、後継者に関する状況、自分の社長としての任期等をもとに考えていくことになります。特に年齢が大きな要素となりますでしょうか。

事業家として自分の思い描いた理想と現在地とのギャップを認識し、それを埋めようと努力する訳ですが、そこに大きく立ちはだかるのが残された時間です。余程達観した人でない限り、自分に残された時間を考えた時に焦りを感じるはずです。例えば、私の場合は、「創業から15年が経過したらこうなっているであろう」と、事業家として思い描いていた理想とは必ずしも合致しない現実に直面します。そして私は現在47歳ですが、最近の歳月の過ぎる早さを考えると、「あっという間に引退の年齢になってしまうかも…残された時間が足りない」と思ってしまい、焦りに似た感情を覚えます。

この焦りに似た感情を背負いつつ、この感情とうまく付き合いながら如何にしてこれからの事業展開をしていくかが大事になるのでしょうね。決して先を急いで結論を出そうとしないことだと思います。焦ってもロクなことはありません。「時間が足りない」と焦ってしまい、成長を急いだばかりに会社を傾かせたり失脚してしまった人は世の中にごまんといます。

・経営者の持つべき心持ち

私が考えているのは、まずは現在の自分を認めてあげることです。現在の、ここまでやってこれた自分を認めてあげ、支えてくれた従業員や家族、お客様等への感謝の気持ちを持つことが大切ではないかと考えています。一度きりの人生だから、自分の理想に限りなく近づきたい気持ちは分かりますが、冷静に考えれば、幼少の頃から理想通りになった験しはありませんよね。むしろ理想通りではないけど、その都度周りの人に助けられ何とかやってこられたというのが正直なところではないでしょうか。その都度自分なりにベストを尽くせていれば、結果が理想通りじゃなくても自分なりに認めてあげることが大事だと思います。「足るを知る」とはよく言ったもので、過ぎた欲望を制御して、地に足をつけ前に進むことですよね。

それから、年齢なりに社会から求められる役割や結果があるはずで、年齢なりにできることがあると思います。その年齢だからこそできることもあるはずです。どうしても、年齢を重ねると体力面を中心に若い頃と比べて衰えを感じてしまいます。だけど、年齢を重ねたからこそ見える世界もあり、若い頃じゃできない仕事や役割もありますよね。そこに視点を置けば、「残された時間が足りない」と思わなくてもよくなるように思います。「その年齢だからこそできること」をすればよいのであって、「衰え」にフォーカスし過ぎないことが大事なように思います。

・自分の代でやり過ぎようとしない

企業というのは、自分の代で終わりではなく、永続するように持続的に成長させていくのが社会から求められている役割だと思います。そう考えると、「自分の代でやり切りたい。残された時間が足りない」という思考から解放されるのではないでしょうか。企業は持続的に成長し永続することを目指しているのですから、自分の代でやり切る必要はないのです。

私自身に照らしてみますと、事業家として思い描いていた事務所の成長速度と現実にはギャップがあります。かといって、無理に事業を拡げたところでうまくいかないことは百も承知です。私の場合は、自分の代ではやれるところまでやって、二代目に任せようと考えています。二代目が「中興の祖」になるように、今から育成に励んでいるところです。そして、大事なことは、二代目になるべき人物が「事務所の事業を継ぎたい」と心から思ってくれるような事務所にしていくことが今の私にできることかなと考えております。

この世に生を受け、その命が残された時間を考えると、不安になり焦りに似た感情も覚えますよね。だけど、地に足を付け、一歩一歩踏みしめて歩んでいきましょう。

第4章

コロナ禍で考えたこと

1、コロナ禍のメンタル健康法（2020年7月）

新型コロナウイルスの感染拡大が収束しそうで収束し切らず、日常生活に戻れそうで戻りきれていない今日この頃です。政府から「新しい生活様式」なるものも発表され、半年前とは世の中がガラッと変わろうとしています。

このような環境の中、「コロナ鬱」ということばが生まれたように、皆さんは経済的なダメージはもちろん、通常以上のストレスがかかりメンタルヘルスを害しやすい状況の中、生活しておられることかと存じます。

今回はそのようなご時世の中、顧問先企業の経営者の方々向けに、いかにしてメンタルを健康に保っていくのかについてお話してみたいと思います（従業員の方々にも参考になる部分はあるかと思いますので、ご興味をお持ちの方は是非読み続けてください）。もちろん、私はメンタルヘルスの専門家ではありませんし、私自身が「メンタルはバリバリに健康です」という訳ではありませんので、自分の経験や人から相談を受けたことを踏まえて持論を展開してみることにします。

・ありきたりに言えば

「運動を定期的にして、食事も健康食を中心に気を遣う」というお話がごく普通に言われるかと思います。私で言えば、毎週末はゴルフのラウンドに出て、カートには乗らず出来るだけ歩き、仕事中は事務所のあるビルの中で階段の上り下りを頻繁にやる。そして食事は夕飯の炭水化物は極力控え、時間があればサウナに通って自律神経を整える…ということになります。だけどこの話は当たり前過ぎてつまらないですよね。

・帰宅困難者？

次に、「家族との時間を大切にして配偶者に悩みを聞いてもらい、子供たちと触れ合うことで癒しをもらう」というお話もあるかと思います。しかし・・・私は、そんなきれいごとを言うつもりはありません（笑）。コロナ鬱、コロナ離婚、帰宅困難者…家族、夫婦間のストレスがこれほど表沙汰になっている時代はないかもしれませんね。

これから申し上げることは、あくまでも男性（夫）の側からみた男性心理の分析と考察になりますので、不快に思われた方がいらっしゃいましたら、どうかご容赦ください。世の中のお父さん達の現実は、仕事でクタクタになって帰宅したのに、昼間にストレスを溜めた妻の愚痴をまともに受けて、その矛先が自分に向きサンドバッグ状態（笑）になるのが多くのお父さんが経験していることではないでしょうか。

「何で私ばっかりこんなに苦労させられるの？あなたは何もしなくて楽よね。ねえ聞いてるの?」、「うん」、「聞いてないでしょ?」、「うん」…。という遣り取りで、妻の愚痴を何も聞いていないことがバレます（笑）。聞いていなければそれで終わる訳ではなく、自分の家庭での役割放棄について、その理由と今後の改善策についての「回答」を求められ、日々の仕事以上にストレスを感じます（汗）。

仕事で疲れて帰宅して、ボーっとして明日のためのエネルギーを充電したいのに、帰宅して昼以上にストレスを感じる…。コロナ騒ぎで、これまで以上に「帰宅困難者」のお父さんが出現しているのも分かる気がします。

こんな思いをしておられる世の中のお父さんはいませんか?心当たりのある方も多いと思います。経営者は、会社ではずっと気持ちを張りつめ、自宅でも心が休まらない。

経営者には心安らかに過ごせる時間や場所、空間はないのでしょうか?これではメンタルが健康でいられるはずがありません。

・非日常の空間、時間を作ること

先日、神戸に出張する機会があり、早く現地に着きましたのでホテルにチェックインし、昼間からホテルのサウナで休憩しました。90℃以上の熱いサウナでたっぷりと汗をかき、水風呂でキリっとした感覚を味わい、外気浴スペースで整い椅子に寝そべりながら青空を眺めていました。そうすると、日々のストレスがス～っと抜けていく感覚があり、平日の昼間から裸になり青空を眺められる、「こんな極上の時間があったのか！」と、裸になった自分が日常を忘れて、一人の人間として、ただただ世の中に存在している、全てを忘れて「井上晴夫」という存在、魂だけがあるという何とも不思議な感覚を味わいました。こういう非日常の空間、時間を作ることは、自律神経を整えメンタルを健康に保つためとても有効だと思いました。

非日常の空間、時間を作ったり、あるいは一人になって頭の中を整理するという意味では、飛行機のプレミアムクラスに搭乗するのもいい手段です。私は東京出張の際は、米子空港から羽田間は空席がある限り、プレミアムクラスに搭乗して、一人になる時間を作ります。プレミアムクラスはもともと座席が広く、隣の方が気になりにくいし隣が空席の確率が高いです。そして要所要所でキャビンアテンダントさんが食事やアフター珈琲などを持ってきてくれて、気持ちが落ち着きます。普段はずっと誰かと触れ合っていなければならず神経を擦り減らしている自分が、一人になって読書をし、思索を巡らせ、そして空の上の世界を眺め、非日常の空間と時間を味わうことで、「心を整える」ことができます。

これもメンタルヘルスを保つために必要な時間ですし、実は東京に到着後にする仕事以上に価値があるかもしれません。

・自分に必要なことには惜しみなく投資をすべき

こういう話ばかりすると、「お金がかかることばかりじゃないか！」とご意見を頂戴するかもしれませんね。しかし、安く手に入るものは値段なりの価値しかないことが多いです。高い対価を払うからこそ、非日常の極上空間、時間を味わうことができるのです。そして、ちゃんとした経営をしている企業の経営者は、それだけの価値があると認めたサービスには高い対価でも惜しみ無く投資します。しかし、逆に価値のないものには一円たりとも出そうとはしません。

また、コロナ禍では実行しにくいことばかりじゃないかとご指摘を受けるかもしれません。それは確かにそうなのですが、要は必要な経費は惜しまずに使って自分の落ち着ける空間を作り出そうということです。中身は人それぞれかと思います。

・会社の司令塔であり、エンジンでもある自覚

思いますに、心と身体を合わせた心身はお金に例えたら「元本」です。もしここが故障したら、「利息」にあたる利益を稼げなくなります。経営者は、自分が会社の司令塔でありエンジンでもあるという自覚があるなら、わざわざ時間とお金をかけて心と身体のメンテナンスをするべきだと思います。それも念入りにやられることが大切ではないでしょうか。経営者が五体満足で仕事に取り組めることは、経営者の仕事として最優先すべき事項かもしれませんね。

2、テレワーク　～何のために実施するのか？～（2020年8月）

今年も気づいたらもう8月。社会が混乱しているときは時が過ぎるのが早いですね。もともと立てていた今年の目標をそのまま達成できそうな人は極少数でしょうから、目標設定を柔軟に変えていきながら今の状況で出来る限りのことをすることが大切になりそうですね。

そのような中、今回は、最近「新しい生活様式」として取り上げられている大きな社会の動きを取り上げ、「正解がない、未来が見えない世の中でいかにして決断し行動していくか」ということについて書きたいと思います。

・テレワーク

新型コロナウイルスの感染拡大をきっかけに世間ではテレワークの実施が盛んに言われるようになりました。むしろテレワークをしない会社は悪人扱いされているような気分になりますよね。

このテレワーク、何が導入の目的かというと、日経ビジネス等のビジネス誌によると、満員電車による通勤負担の軽減と通勤中のウイルス感染の防止、職場での密による職場感染の防止にあると聞きます。

この目的を聞くと、地方で生活をする人間としては、「職住が近接している地方ではテレワークは必要あるの？通勤は車で自宅から職場まで10分とかだよね？1人で車を運転していてウイルスに感染するか?·せいぜい職場での密を回避することくらいだよね」となり、テレワーク導入が遠い話のように思えてしまいます。

こういう話は、導入ありきではなく、なぜ何の目的でテレワークを導入するのかという原点に立ち戻る必要があります。また、仮に導入しなくてもテレワークの考え方やツールで利用できるものはないか考えるといいと思います。

・法律事務所のテレワーク

私自身の場合で言えば、私は出張などで事務所にいないことが多いので、外部からでも仕事のできる環境設定が必要になります。その意味では、弁護士個人単位ではテレワークの考え方やツールを既に取り入れていると言えます。

ただ、その環境さえ整えてしまえば、基本的には事務所での執務が中心になります。我々の仕事の場合、事務所が情報のインフォメーションセンターになっているので事務所で執務してこそ業務が円滑に進みます。弁護士個人が、テレワークとして、顧客と携帯電話等でやりとりしてしまうと案件の内容や進行具合がブラックボックス化してしまい、各種弊害が生じます。逆に情報を事務所に集約してしまえば、業務が円滑かつ適切に進行、管理することができます。

さらに弁護士への相談はナーバスかつセンシティブなものが多い以上、事務所で対面しながらお話をしないと依頼者は本音を語りにくいし、弁護士も対面しているからこそ感じ取れることもありますので、補助的にＺＯＯＭ会議を利用することはあっても、基本は対面での打ち合わせの方がスムーズに仕事ができますし、生産性が上がっていると思います。

また、ウイルス対策（職場での密対策も兼ねて）としては、手洗いうがいをしっかりし、テーブル等の消毒の徹底、あとはウイルスが蔓延していそうな繁華街に行かないことと、コロナが収束するまでは山陰外からの方のご相談・面談は極力お断りするようにしています。なお、職員には接客時はマスクをするように言っておりますが、それ以外は個人の自由です。

・リーダーは座標軸を定める

業種によって様々だと思いますが、皆さんの会社ではいかがでしょうか。思いますに、テレワークは会社に出なくても仕事ができるというところに最大のメリットがあります。他方でマイナス点としてよく聞くところでは、自宅では周りの目がないのでついつい休憩しがちで生産性が下がるのではないかという懸念もあります。さらに、自宅で仕事ばかりしていると外に出る機会が減り、人と会話することも減ったりで、テレワーク鬱になる人もいると聞きます。

要は、１００％満足できる制度などなく、テレワークか出社かという二者択一でどちらか一方のみを取るという思考ではなく、どの利益をとるのかということだと思います。あっちをとればこっちが立たずという中で、ビジネス人は自分の頭で考え、自分で大事だと考えたことを実践していくことが必要だと思います。１００点満点はなかなかとれないので、自分や組織にとって大事なものを達成でき、守れる選択をして行動に移していくことが必要な社会になったと思います。

コロナ収束後のことを念頭に置き、うちの法律事務所での業務体制を考えると、先に述べました通り基本は出社での業務が中心になると思います。ただ、弁護士は出張中や外出中でも何らかの対応ができるように、ＩＴツールを整えてプチテレワークが出来る体制をさらに整えていく必要があります。産休育休中の弁護士が自宅で書面作成などの仕事をする場合も想定しないといけません。リモートで打合せもできますが、守秘義務の関係上の難しい部分もあるかと思います。他方で、事務職員の場合、自宅で出来る業務は殆どなく出社せざるを得ないでしょう。

また、通勤時間が無駄だという議論もありますが、「有効な無駄」ということばもありまして、通勤という行為自体や時間が気分転換になってメンタルヘルスにいい場合もあり、一見して無駄な行為が有効性を発揮することもあります。

正解がない世の中で、座標軸は自分で決めていくのです。特に、組織のリーダーはその点を肝に銘じて、脳と五感をフルに働かせて組織を引っ張っていくことが大事だと考えます。

3、2020年の年末に考えたこと（2020年12月）

・今年のトピックは？

早いもので今年ももう師走になりました。今年は新型コロナウイルス騒ぎに始まり、コロナに終わった年と思われている方が多いのではないでしょうか。

私のような中年以下の世代からすると、感染症といえばインフルエンザやマラリアあたりをイメージし、「命を落とす程ではないだろうし、人間の自由な生活に制限がかかることはないだろう」という感覚でいる方が多いと思いますが、実はペスト、コレラ、天然痘などの疫病は、紀元前の昔から文明のあるところに流行り続け、その疫病が文明を滅ぼし、戦争が決着する原因になったりもしました。さらには、疫病に苦しむ人達が何かにすがる思いで宗教を生みました。そして歳月を重ね、今度は逆に、疫病の前に宗教が無力であることを悟った人々の宗教離れを起こしました。

散々疫病に苦しめられた人類は19世紀以降、自然科学の発達により感染症に対する防衛が次々と取られるようになり、ようやく「人間社会にとって怖いものは自然災害くらいか?」と思わせた頃に今回の新型コロナウイルスの蔓延です。約100年前のスペイン風邪以来の疫病の大感染と言われているようで、当時は第一次世界大戦中でウイルスは瞬く間に全世界に広がったそうです。ウイルスがグローバルに広がった様は現代の新型コロナと同様です。

このように、感染症と人類との戦いは尽きないようで、感染症が蔓延するたびに人類の歴史が動いてきました。

・百忍という言葉

今回の新型コロナがいつ収束するかまだ先が見えませんが、後世からみると、おそらく時代の転換点と言われるようになるでしょう。

皆さんは、中国古典に出てくる「百忍」という言葉をご存じでしょうか。山陰合同銀行名誉顧問の古瀬誠さんもこの言葉を座右の銘にしておられるそうです。「物事の流れが悪くなっていく兆しは、最も幸せで充実しているときに始まる。新しい芽生えの動きは、どん底のまるで希望のない状態になったときに始まる。物事が好調だとつい有頂天になりがちだが、君子はそうしたときこそ心を集中して本当にこれでいいのかと悩みや災いに備えるべきである。しかし、それでも落ち目になることはある。その時は『忍』という字を100回書きひたすら耐えるべきである」という意味だそうです。

今年は、東京オリンピックが開催されるということで、インバウンド需要も拡大する一方で日本全体が最高に充実していたはずでした。しかし、まさかの新型コロナウイルスの蔓延でどん底に落ちた様は、この「百忍」のお話にそのまま当てはまる社会情勢だと思います。

今は最悪のどん底のときと思われますが、他方で新しい芽生えの動きがあるはずです。今の苦しみが飛躍のきっかけになるはずです。

我々は今こそたくさん勉強し、来るべき新しい時代に備えるべきです。可能な限り色々な場所に出掛け、様々な人と交流し、知識と見分を深めることです。そして、たくさん読書をして情報を得、自分の信念や人格形成、人生観を深めていく。今はそんな時なのだと思います。新しい時代に向けた卵を温めているのでしょう。

4、初めてかかった熱中症～相手のことも考えた誠実な行動とは?～（2021年9月）

東京オリンピックも終わり、いつの間にか9月になりました。それにしても、今年の夏は暑かったです。ここ2年はマスク生活を強いられているので、余計に暑さを感じられた方が多かったのではないでしょうか。これだけ暑いと、新型コロナウイルスに感染する前に、熱中症で倒れてしまうのではないか?と考えてしまう方もおられるのではないでしょうか。

・初めてかかった熱中症

かく言う私も、実はこの夏に熱中症になってしまいました。私にとって、恐らく人生で初めてのことで、よく考えると危険な前兆があったのに、私は危なくなるまで体調の異変に気づきませんでした。

事件は毎週日曜日のルーティン中に起こりました。私はいつも通り大山山麓でゴルフをし、アフターゴルフは皆生温泉オーシャンに立ち寄って、温泉＋サウナ、さらにマッサージのゴールデンルートを満喫していました。ところが、最後のマッサージが終わった後、セラピストの方から、「頭だけ熱いですよ。熱があるのでは…」と指摘を受けてビックリ。確かに頭だけ異常に熱があって、帰りは「しんどさ」を感じながら運転し、何とか帰宅できました。検温してみると、案の定、熱がありました。翌日少し解熱した状態で病院に行ったところ、医師から「経緯も踏まえると、熱中症ではないか」と言われました。

・後で考えてみると

そういえば、ゴルフ中は、競技会で興奮しているばかりか何かと気を遣う状況で、水は飲んでも塩分タブレット等は殆ど口にしていませんでした。さらに、オーシャンのサウナでは、いつもなら汗ダクダクになるはずが、全く汗が出なくて若干の違和感を感じ、今度は温泉の浴槽に浸かると何故か寒気がして、浴槽から出てから頭がクラクラしました。それでも私は、呑気に「今日のゴルフはホント、ストレスがかかったわ。マッサージで疲れをとるか！」と思いながら、締めのマッサージに行くと、先に述べました通り頭だけ異常に熱くなりました。入館時の検温では平熱だったのですが、詳しい人に言わせれば、ゴルフで脱水気味になっているところに、サウナとマッサージをすると血行が良くなって頭に熱がこもり、熱中症になりやすくなるそうです。

・医師の診断は？

病院では、熱中症だろうという診断でしたが、念のためＰＣＲ検査を受けるように手配され、医師からは「仮に陰性だったとしても、数日休んで熱が下がらなかったり、体調が戻らなかったらもう一度ＰＣＲをやりましょう」と言われ、不安な日々を過ごしました。その間、多くのクライアントの皆様との打ち合わせを、「熱中症」ということでキャンセルさせていただき、大変ご迷惑をおかけしました。この場を借りてお詫び申し上げます。

・情報の管理はどうすべきか

幸い、ＰＣＲの結果は陰性で、暫く自宅で静養させてもらったおかげで、すっかり元気になりました。恐らく、熱中症以外には問題はなかったものと思われます。ある程度回復して目途が立つまでは、職員には情報管理の面で、余計な気を揉ませてしまいました。

所長である私を目がけた電話や問い合わせは多数あり、ＰＣＲの結果が出るまではどう切り抜けるのか、陰性の結果が出ても私の体調が落ち着くまでは私は業務に復帰できず、どう事務所を切り盛りしながら情報を出していくのか、難しい局面でした。幸い、熱中症という診断が出て、ＰＣＲも陰性、私と事務所の職員とは暫く会っていなかったことから、事務所は通常営業が出来ました。私については、「熱中症で静養中。ＰＣＲも陰性でした」という整理で情報を出すことが出来たのは、厳しい局面の中で救われた部分でした。

・余計な情報開示？

体調もすっかりよくなり仕事に復帰後、私はふと思いました。「オーシャンでマッサージをしてくれたセラピストの女性は、私に熱があったから万一のことを心配していないだろうか？毎週のように通っている施設だし、不信感を持たれるのも嫌だな」と。そこで私はすぐにオーシャンに電話し、事の顛末を伝え、それをセラピストの方にも伝えてもらうようにお願いしました。ちなみに、オーシャンの職員さん達からは、私の顔も名前も電話の声も、オーシャンでの行動もほぼ把握されています（笑）。私としては、この報告によりセラピストさんに安心して欲しい一心でした。

この話を次にオーシャンに行く日に、ゴルフ仲間に話しました。そうすると、彼らからは、「そんな余計なことはわざわざ言わなくていいよ。ＰＣＲ受けたとか伝えても不安を煽るだけだ。かえって警戒されるかもよ。黙って入館すればいいよ」という趣旨の意見がありました。

しかし、私からすると、「確かに何もなかったのだから、取り立ててオーシャンに伝える必要は無かったのかもしれない。しかしセラピストさんはオレに発熱症状があったことは気づいており、これから先のことを考えると、お互いに安心してマッサージを受けるためには、私の体調のことを伝えておくべきだったはずだ」と思いました。

・相手のことも考えた誠実な行動はどうあるべきか

ゴルフ後、私は内心ドキドキしながらオーシャンに行くと、受付で「この前は熱中症になられたんですか。大変でしたね。もうお元気そうなお顔になっておられて良かったですね。セラピストにちゃんと伝えておきましたよ」と言ってもらい、私の気持ちがスーと楽になっていくのを感じました。もちろん、セラピストさんからも、「体調よくなられましたか」と言っていただきました。

この問題は、ゴルフ仲間の言うことも一理あり、私のとった行動とどちらが正解なのか分かりません。おそらく私は、正解のない問題に直面したのだと思います。私としては、「人としてどうあるべきか？」相手のことも考え、誠実で正直に行動すべきだ。後ろめたい気持ちで過ごしたくはない」ということが判断基準でした。「相手のことを考えた誠実な行動」ということ自体、人によって具体的に思いつくことは変わってくるかと思います。私の行動が逆効果になった可能性もありますが、自分の信じた行動でしたので、結果よりも大切なことに気付いた気持ちでした。

皆さんは、こういうケースで、どのような行動をとられるでしょうか? お会いした時にでも聞かせてください。

・普通に健康であることの良さを実感

この時のオーシャンでのサウナや温泉は、いつも以上に気持ちよく感じました。これだけ気持ち良かったのは久しぶりでした。前回は浴槽に浸かりながら寒気を感じたりしたので、余計に解放感があったのかも知れません。

自分にとって当たり前だった環境が一度でも潰れそうになった分、「普通の環境のありがたさ、五体満足健康であることのありがたさ」を身に染みて感じました。日常生活の当たり前に、一つ一つ感謝しながら生活していくことの大切さをしみじみと感じた次第です。

5、100年後の日本が光り輝くために（2021年11月）

・衆議院議員選挙が行われました

昨日、衆議院議員選挙が行われました。この原稿は10月22日に執筆しておりますので、選挙結果は考慮に入れていないことをご容赦ください。

コロナ禍も相俟って、政治がいかに国民生活に密接しているかを身に染みて感じた方が多いのではないでしょうか。

選挙について長年課題と言われているのが投票率の低さです。特に若年層。投票に行かない方々の理由として「選びたい人がいない」ということ。確かにそういう場合は往々にしてあります。逆に私は、自民党の総裁選で、「オレにも投票させろよ」と思ってしまいました。

我々一般国民が政治に対して一番簡単に出来て、かつ、最も大切なことは「投票に行く」という行為ではないでしょうか。しかも白票ではなく誰かに投票してもらいたいです。ご承知の通り、選挙においては投票率が上がると当選者が獲得しなければならない票の数が増えます。有力候補者は組織票でたくさんの票を稼ぐのだと思いますが、投票率が上がるとそれに伴い支持基盤を増やさないといけなくなります。浮動票の取り込みも必要になります。逆に言うと、対立候補者からしますと、それだけ自分が当選する確率も上がってくる訳です。

そう考えると、政治に文句を言う前に、まずは投票に行くことが政治を活性化し、より国民に近いところで政治がなされることに繋がっていくように思います。私自身も、政治活動はしませんが、投票はしっかりし続けます。

・「成長」と「分配」

今回の選挙では与野党ともに、「分配」について盛んに議論がなされていましたが、「成長」については殆どスルーの状態でした。「成長」がなければ「分配」するための財源がないばかりか、決められたパイを誰がもらうのかだけの奪い合いの議論になり、生産性のある議論になりません。全体のパイを増やすことが必要です。

ではなぜ「成長」について議論がなされないのか。私が思いますに、誰も少子高齢社会の日本を成長に持って行くだけの確たる筋道を持っていないからだと思います。少なくとも、日本の国家を「成長させよう」という覚悟を持った政治家が殆どいないからだと思います。

かく言う私も経済学部出身でありながら、お恥ずかしいことに日本経済が成長するための持論は持っていません。だけど、自分の身近なところで「松江や島根の経済、ひいては日本経済の発展になること」はしていこうという覚悟はあります。政治家の皆さんは、落選すれば生活基盤を失ってしまいますし、色々なしがらみがあって自由にモノが言えず行動も出来ないのだと思いますが、日本の国家、経済を成長させようという覚悟は持ち続けて欲しいと思います。

・100年後の日本が輝くために

ご承知の通り、日本は平成になってからの30年以上、実質的な経済成長は殆どないと言われています。これは、第二次世界大戦後の高度経済成長期は「アメリカに追いつけ追い越せ」という明確な目標のもと、他国のマネをひたすらしていたら成長できたのが、変動相場制やオイルショック、バブル経済崩壊等を経て、社会の構造が変わり、マネをする明確な目標がなくなったことが関係しているのでしょう。先導する存在がなくなり、数字（自然科学）のような明確な答えのある世界ではなくなりました。答えがあるようでない社会科学の世界では、複雑な要素が縦横斜めと絡み合い、その中で日本独自の価値観を打ち立て道なき道を進んでいかないといけない状況になりました。日本は世界を先導するチャンスを迎えながら、そのチャンスを掴み切れずこの30年間を過ごしてきました。

このままでは、１００年後のどこかの国の世界史の教科書に、「日本という極東の島国は、２００年前は太平洋戦争に負けた後、アメリカのマネをして世界第二位の経済大国になったが、創造性に乏しく、独自の経済成長を遂げることが出来ず、今では単なる極東の小さな島国になってしまった」と書かれてしまう恐れがあります。もちろん、経済成長が全てではありません。しかし、日本はそれを凌駕するだけの独自の世界観を作れているのでしょうか。それなくして、「経済成長だけが全てではない」というのは単なる言い訳になってしまいます。

・全世界で進む少子化　脱炭素への綻び

日本では少子高齢化が言われて久しいですが、実は先進国だけでなく、新興国でも経済発展が進み、将来的に人口減少が見込まれています。

言うまでもなく、子供を一人産み育てるだけで、親にとっては相当な時間的コスト、金銭的負担がかかります。社会的な負荷も相当なものです。人間は、経済発展により子育て以外の楽しみを覚えてしまうと、出生率が下がってくるのは先進国を見ると明らかです。新興国でも経済発展により同じような社会情勢になりつつあるようです。もちろん、中国でも少子高齢化が進み、人口減少が始まりかけていますし、経済成長に陰りが見えています。

日本は中国など新興国の70年先をいっていると言えるでしょう。また、地球温暖化防止のために全世界で叫ばれているのが脱炭素への取り組みです。特に欧州では、EUが先導して脱炭素への取り組みを進めています。この取り組みは、自動車業界で電気自動車（ＥＶ）の普及を進める等、欧州が全世界を牽引する勢いです。欧州は、電気自動車を中心とした脱炭素の動きを牽引することで（世界におけるあるべき道を示す）、第二次世界大戦後米中に奪われた世界の覇権を奪い返そうとしているようにも思えます。

しかし、この脱炭素の動きも、世界が一枚岩になっているかと言えばそうではありません。ご承知の通り、日本では電気自動車の普及に大切な充電設備が整っていませんし、中国は脱炭素と言いながら、結局のところ電力供給が需要に追い付かず、石炭火力発電を再び強化し始めています。オーストラリア等の化石燃料の資源国も欧州の動きに簡単には従っていないようです。人類はコロナ禍で世界のグローバル化は避けられないことを嫌というほど感じたはずですが、一枚岩にはとてもじゃありませんがなれていません。

今後は、人口増と気候変動に伴い、水と食料の奪い合いが起きることも予想されます。水は豊富ですが、食料自給率の低い日本はどうやっていくのでしょうか。農業や漁業がビジネスとして成り立つ仕掛けが必要だと思います。

・未知の世界の先端にいる日本　和の精神を活かせるか？

このように考えると、日本はどの国も踏み込んだことがない世の中に、全世界で最初に飛び込んでいると言えるでしょう。ここで日本独自の成長をし、世界を先導するような成長を描けるでしょうか。

思いますに、日本固有の価値観は「和の精神」かも知れません。「和の精神」とは、日本古来の「衆知」や「おもいやり」のことを指しています。これは日本にとって世界に誇れる価値観ではないでしょうか。日本は「和の精神」を持ち続けて、世界全体の平和、幸福に貢献できるのでしょうか。日本は正念場を迎えています。

6、2021年の年末に考えたこと（2021年12月）

早いものでもう師走になりました。今年こそは自由の身に…と期待していた方が多いと思いますが、残念ながら今年もコロナ以前の生活は取り戻せませんでした。人間というのは、自分の行動の自由が制限されることに対して大きなストレスを感じます。中には、「これ必要なの？有効なの？」というコロナ対策が社会常識化していて、不便を感じた方もおられると思います。

・コロナ対策は基本的人権を侵害し憲法違反ではないか

つまり、同調圧力という名のもと、「本当にこれがコロナ対策になるの？なるとしてもここまで必要なの？」という制限も多々課せられ、例えば、それに従わないと飛行機に乗れないとか、店舗に入店すら認められない等、国民の人権が著しく侵害されているように思います。私に言わせれば、「ワクチン差別、ワクチンハラスメント」どころの話じゃありません。もちろん、それを人権侵害と捉えない人も多数いて、人間社会が大きく分断されたように思います。

要は①過度にコロナを恐れて、過剰なくらいのコロナ対策をする人や、また、世間のやっているコロナ対策に対して何の疑問も感じずに従っている人が多数いる中で、他方で、②100歩譲ってコロナの危険を認めたとしても、世間のやっているコロナ対策に対して疑問を覚えて、自らの思想信条の自由を行使して、コロナ対策に従わず堂々と行動する人、③世間に忖度してモヤモヤしつつ社会常識となっているコロナ対策に従っている人等、人々の様々な考え方と行動を生みました。

私自身は②と③をミックスして生活しています。基本的には②のスタンスですが、揉めると余計にストレスを感じる時は③でスルーするようにしています。気分的には処世術を学んでいる感じでしょうかね。

こんなことを考えていると、自分が政治の世界に入っていって世の中を動かしたくなってきますが、私が突っ込んでも討ち死にするだけなのは目に見えています（汗）。自分の寄って立つ基本的スタンスを冷静に見極めながら、社会に貢献していきたいと思います。

・コロナ騒ぎの光の部分

しかしながら、悪いことばかりではなく、コロナ騒ぎにより、ネット関係を中心に、今までなかったサービスが急速に進展しました。これらの変化は、コロナが収束したとしても生かせると思います。コロナによって人類が進歩、発展したともいえるでしょう。そして、コロナ対策で人類、日本社会はたくさん学んだはずです。この経験を生かして次のパンデミックに備えることは必須です。

・コロナ収束後も世界を揺るがす出来事が起こる可能性がある

コロナが早期に収束したとしても、今後さらに、社会構造そのものが根本的に変わってしまったり、人類の存続に関わる出来事が起こる可能性は十分にあります。新たなウイルスが世界に蔓延する可能性だってありますし、人類は今よりもさらにグローバル化してウイルスの蔓延速度がさらに上がっていく可能性があります。

また、近年頻発する異常気象による被害は年々甚大になってきていますし、異常気象に起因して水と食料の枯渇、奪い合い、強い者の独り占め等、人類が滅亡の危機に瀕する事態に陥るかもしれません。そうなると、今まで理性で抑え込んでいた武力行使による戦争さえ発生する可能性だってあります。

さらに、身近な例で言えば、日本で頻発する地震が問題です。皆様が体験したように、東日本大震災の地震一つで日本中の原子力発電所が停止してしまいました。これにより、脱原発の理念のもと太陽光発電を中心とした再生可能エネルギーの開発が急速に進み、日本や世界のエネルギー政策に、大きな変革を迫りました。

最近のさらに身近な例で言えば、火山の噴火がありますよね。小笠原諸島の海底火山の噴火により、軽石が漂流することで日本の太平洋側の海洋は漁業を中心に大きな被害を受けております。

有史以来の歴史をみてみると、火山の大噴火が気候変動をもたらすことがあるようです。例えば、18世紀後半のアイスランドのラキ火山の噴火は、火山噴出物の日傘効果により世界的な寒冷化を招いたと言われており、フランスの食糧難、フランス革命の遠因になったと言われています。同じ時期に日本では浅間山の噴火により天明の大飢饉をもたらしたと言われています。さらに19世紀前半のインドネシアの火山の噴火は北米のトウモロコシを全滅させ、アメリカの農民を西部に移動させたそうです。

火山の噴火が本当に地球の寒冷化をもたらすのか必ずしも科学的に解明されている訳ではありませんが、仮にそうだった場合、現在の人類が進める「脱炭素」による

「地球温暖化防止」というベクトルが、180度変化する可能性があります。地球が寒冷化すれば、食糧難が起こり、「今日のパン」を巡って大きな争いごとに発展する可能性があります。そういう時は、日本人固有の「和の心」が効果を発揮し、食糧を世界でうまく分け合えれば世界的な危機を脱することができるかもしれませんね。

いずれにせよ、人類は今、新型コロナウイルスで苦しんでいますが、将来はそれ以上に厳しい危機が訪れるかもしれません。実際にどのような危機が起きるかはなかなか予測できるものではありません。しかし、我々はそれに対する覚悟を持っておくことが最大の対策になるのではないかと考えています。覚悟があるからこそ、落ち着いて対処できるからです。

7、再びテレワークを考える～便利過ぎて心身の健康を害しないか～（2022年6月）

・自分で自分を管理する

ここ数年はデジタルトランスフォーメーションの進展とコロナ禍により、テレワークが飛躍的に進み、働き方が大きく変わりつつあります。

いつどこにいても仕事ができるようになり、通勤しなくても仕事でき、出張中にも会社にいる時と同じように仕事ができるようになりました。便利になりました。つまりこれは、仕事をするために会社にいる必要がなくなったということです。会社に出勤する必要は必ずしもありません。

ただ、これは見方を変えれば、会社に出勤せずに仕事をするということは自分を管理してくれる人がいないということを意味します。自ら時間を管理し、生活リズムを管理し、仕事の進捗を管理しなければならないのです。

自分を管理してくれる人がおらず、自分で自分を管理するという点では、自律的に行動できる者でないと社会人としての仕事が務まらないようになることを意味します。

・働き方改革の行方

自律的に行動するという意味では、一般従業員は個人事業主的立場に近づいてくるのかも知れませんね。世間では長時間労働の是正をきっかけとして働き方改革が進み、最近は働く場所や業務の進め方等文字通り「働き方」の改革が進んでいます。このように従業員は自律的に行動し仕事に自由度が増してくると、労働者というよりも個人事業主としての色彩が強くなり、工場労働者を前提とした労働時間の概念もなくなってくるかも知れません。終身雇用制が崩れ、中途採用が広がっているのもそのような大きな流れの一環と考えられます。今後の日本の働き方改革の動きに注目です。

・テレワークのしんどさ

さて、話題を、場所を選ばずに自己管理のもと仕事をすることが広がっているという社会情勢に戻しましょう。このお話で一番象徴的なのはテレワークの広がりです。テレワークにおいて誰もが考えるデメリットは、自分を見張る人がいないのでさぼりやすくなるということです。それを危惧する上司がメール等で過度に報告を求めてきて人間関係が崩れるということもあります。上司は目の前に部下がいないからちゃんとやっているか心配ですぐ報告を求めたくなるのです。

他方で部下はある程度自由にやりたいという気持ちがありすぐに返信しないことをしがちです（なお、最近の若者はそこへの感度が鈍い人も散見されます）。

連絡頻度を減らしていたら、部下が何か問題を起こしていたりすることもあり、上司と部下の距離感はどうするのが適切か一概には言えません。

一つ言えるのは、部下が自律的に仕事を出来る社員なのかという点がポイントになるのではないでしょうか。自律的に仕事ができていて適時適切に報告があれば上司は安心して任せられます。ただ、ここも奥が深くこのように仕事を進める前提として、倫理教育が大事になります。つまり、頭がよく仕事ができる社員ほど、不正の仕方も考えついてしまいそれを実行に移してしまうことが可能であるからです。そこをどう見分けて、かつ、生産性が高くクリーンな組織として成り立たせることができるのか、経営者の腕の見せ所です。

他方で、テレワークに向かない社員もいるのは確かです。自分を縛ってくれる人がいないと仕事をしない人、自律的な仕事ができない人、どちらかといえばクリエイティブな仕事よりも作業系が好きな人あたりです。見落としがちなのは、組織としてはそこの意識が低い人も戦力として一緒に仕事をしていくことが必要になることです。役割分担のためには会社に出勤してくれたり、作業系の仕事をする人も必要ですよね。多様性のある組織は強いのです。それから、新入社員は、リアルで教育していくことが基本になるでしょう。

・便利過ぎて心身の健康を害していないか

それから別の問題として、デジタルトランスフォーメーションの進展により、いつでもどこでも仕事ができるようになったことで、仕事と休息の境界線がなくなってきました。社内の連絡や顧客等外部との連絡が容易になったため、24時間365日、常に仕事に縛られているようになり、心身の健康に不調を来している方も多いのではないでしょうか。

ここの対策は、私は、自分が一度メンタルダウンするくらいの衝撃を受けることが一番効果があるように思います。これにより、自分の許容限度が分かってきて、また部下を指導したり同僚と仕事をする際にも、部下や同僚の異変に気づき易くなるからです。

つまり、自分がしんどい思いをすることで、24時間365日対応の限界に気づくようになるし、周りとの関係においてもそこは配慮できるようになります。世間では、「つながらない権利」が取りざたされ、社内でのシステムや制度の整備がなされるようになってきていますが、私は基本的には自分が身をもって限界を実感することから、自分にも周りにも配慮できるようになると思います。

・自律神経とテストステロン

私は、40歳代前半くらいまでは、飲み会が終わったら事務所に戻って日付が変わるまで仕事し、メールにも24時間体制くらいの勢いで夜中でも返信対応していました。「24時間戦えますか♪」の世界です。しかし、いつの日からか、全く脳が動かなくなり何もやる気が起きなくなりました。夜も眠れなくなりました。寝汗も酷かったです。ちょっとしたミスで自分が崩れ落ちるくらいにショックを受けるようになりました。ここで自分の心身の異常に気付き、自分の体力やホルモンバランスの変化を認め、それに応じた生活をするようになりました。

客観的にはスマホがあることで24時間縛られていますが、それでも動けない、いや、動いちゃいけない自分がいることに気づき、自分の仕事の仕方を見つめ直すことに努めました。自分の健康と仕事量、仕事の仕方について、自分で自分を管理しコントロールすることに気づいた時でした。私はここから、「任せる、役割分担、権限移譲…」ということを真剣に考えるようになりました。もちろん、任せられる若手社員はそこで力をつけていずれは任せる側にまわっていくのでしょう。

私の経験は恐らく世の中の経営者の方々が通る道なのだと思います。ちなみに、私自身の健康については、医師と密な関係を築くことと、自律神経のバランスを整えつつ、テストステロンの量を増やすことを意識しており、最近はバランスを取りながら元気モリモリです。「社長が元気でないと会社の業績は良くならないし、事業の継続性はない」と心得ております。

8、黙ゴルフ　～アクシデントを受け入れる～（2022年7月）

コロナ禍もようやく終焉を迎えようとしており、前向きな気分になられている方も多いのではないでしょうか。コロナ禍においては、感染防止の目的で、声を出して飛沫を飛ばさないようにということで、「黙食」や「黙浴」等といったことばが生まれました。他人と会話することは人間が生来的に持っている楽しみなので、「黙…」と言われてもなかなか守れない方が多かったのではないでしょうか。実は、私は最近、「黙ゴルフ」というのを始めました。もちろん、期せずしてやむを得ずです（汗）。

・仕事中はずっと喋ってますわ

「期せずしてやむを得ず?!」とはどういうこと?!ですよね〜。

実は5月の後半、私は人間ドックを受診してきました。毎年この時期に受けております。事が起こったのは最後の胃カメラの時でした。胃には何も問題がなかったのですが、カメラを胃に通す途中の声帯のところでポリープのようなデキモノが発見されてしまったのです。

すぐに画像の写しをもらって耳鼻咽喉科を受診し、その日のうちに今度は鼻から内視鏡カメラでデキモノを診てもらいました。幸い悪性ではないようですが、放置しておくと声が出なくなる可能性があるとのことでした。原因は、逆流性食道炎の疑いがあることと、声帯の使い過ぎということでした。医師と仕事の話になり、私は、「仕事中はずっと喋ってますわ。明石家さんまみたいに(笑)」と話しました。冗談を言いながら他方で、私は「弁護士という職業上、声を出せないと商売ならへんやん」と心配になりました。

・声を出せない、出さないほうがいい

医師からは、漢方薬を処方された他、日常生活では「必要以上に喋らず、声帯を使わないように」というアドバイスをもらいました。

仕方なく私は、仕事では、面談時は声のトーンを下げて話をし、電話も必要最小限にしてメールで済ませられるものは済ますようにしました。自宅では、「喋れなくなった明石家さんま」になっておとなしくするようになりました。

そしてここで、冒頭の「黙ゴルフ」が出てくる訳です。ゴルフ中は感情が高ぶっている分、自分が思っている以上に大きな声が出てしまいがちです。勝負所で微妙なパターを外した時や、まさかの凡ミスをした時などに声が出がちですよね。まさに私がそうです。しかし、声帯のことを考えると、これがいけません。

黙ゴルフで黙々とプレーすることが、マナーとしてはもちろん、自分の声帯を守るためにも大事になってきます。

こうして私は期せずして「黙ゴルフ」にトライするようになったのですが、思わぬ副次的な効果を得ることが出来ました。ご承知の通り、大きな声を出すことで感情の起伏が激しくなります。ゴルフのスコアにとっては、この感情の起伏がクセモノです。感情の起伏が大きくなることで、一つ一つのプレーに対する集中力が落ちますよね。しかし、「黙ゴルフ」で黙ってゴルフをするようになり、私は感情の起伏を最小限に抑えることができるようになりました。これにより、冷静な自分と向き合いながらゴルフをプレーすることができるようになりつつあります。言わずもがな、スコアもラウンドを重ねるたびに、アップしつつあります。感覚としては3〜5打くらい縮まってきた印象です（1〜3打かな？）。

毎回、何とかしてスコアを縮めてやろうと意気込んでプレーしては跳ね返されてきたのに、黙ゴルフをした途端にそこをクリアでき、私は「根性論」ではない何かを感じました。本当にお上手な方は、当たり前のように「黙ゴルフ」をされていますよね。常々「黙ゴルフ」をすべきと感じていたのに、なかなか自分のゴルフを変えられないでいた私を強制的に変えてくれた声帯のデキモノちゃんに感謝しないといけませんね。

きっかけはともかく、私はこれを機に、「黙ゴルフ」を習慣化してしまいたいと考えております。アマチュアの単なる遊びではありますが、大好きなゴルフが上手になり、マナーも良くなるということで一石二鳥です。あっ！声帯を守るのが一番の目的ですね！

・アクシデントを受け入れる

生きていると思わぬアクシデントが発生することがあります。それだけ取り上げればショックなことが多いです。しかし、そのショックを引きずるのではなく、その出来事を受け入れた上で対応していけば、思いもよらなかったいいことが起こるのも人生です。ちょっとした発想の転換だと思います。「人生捨てるところなし」とはよく言ったもので、粘り強く生きていくことの大切さを改めて感じました。

9、日本海を眺めながら息子と政治について語り合う!（2022年8月）

・騒乱の世の中を生き抜く

今年の7月はいつにも増して「まさかの出来事」が多発しましたね。2日未明からのauの通信障害に始まり、8日のお昼前には安倍元首相の襲撃事件というショッキングでことばが出ない出来事が起こりました。

スマホのない生活を余儀なくされ、日常の過ごし方を立ち止まって考えられた方も多いかと思います。そのような中、今度は、我々日本人にとって、外国で起こりそうな、しかも歴史上の出来事のように考えていた元首相襲撃事件という非日常がまさに現実になり、ことばにならないくらいのショックを受けられた方も多くおられるでしょう。

さらに今年は、2月からロシアのウクライナ侵攻という戦争が起こり、この影響は、遠い外国の出来事では済まされず、世界中に及んでいるようです。もちろん、新型コロナウイルス禍も続いています。時代の転換点になる1年になるような気がしております。

・平成7年も騒乱続きでした

考えてみれば、平成7年も今年と同じく社会が混乱し混迷を深めていったように思います。あの年は1月17日に阪神淡路大震災が起こり、3月にはオウム真理教による地下鉄サリン事件が起こりました。あの年を境に、バブル崩壊で弱っていた日本の活力がさらに弱まり、世界がグローバル化していく中で、「みんなが同じ方向を向いて頑張れば大丈夫。そのためには体育会的思考と行動も厭わない」という日本人が美徳としていた価値観が崩れていったように思います。また、私の年代の関西の青年は、「関西地方では大きな地震は起こらない」と子供の頃から思い込んで生きてきましたので、大震災は子供の頃からの常識が大きく崩れた出来事でもありました。

私個人としても思いの詰まった1年でした。1月に、闘病中の母親が余命宣告を受け、当時東京で大学生活を送っていた私は、成人式を理由に大阪に帰省しようとも考えましたが、住民票を移していた東京都大田区から成人式の招待状が来たので、「大学の学年末テストが終わったら帰省しよう」と考えて、地震が起こった当日は東京におりました。大阪に帰省していたら、まともに被災していたでしょう。そして3月に母が亡くなり、失意の中大阪の実家で過ごしていたら、今度は東京で地下鉄サリン事件が発生しました。あの年の1年間は、私のプライベートでもここに書けないくらいの大きな失敗を繰り返し、大きな挫折の1年、忘れられない1年になったのを覚えています。

・時代が大きく変わろうとしている

令和の世の中になり、新型コロナウイルスで世の中が激変したかと思いきや、今年になってさらに、ロシアの戦争や通信障害、元首相襲撃事件等まさかの出来事が立て続けに起こりました。世の中が騒乱に巻き込まれた時は、社会が大きく変わる時です。令和という元号だけでなく、目に見えるところではこれまでの生活様式が大きく変化しました。デジタル化が進み、WEB会議やテレワークが浸透し始め、いわゆる「三密」を避ける生活様式が推奨されています。さらに目に見えないところでは、前記の外部的な変化に伴い人間のメンタリティーや価値観が変化していくはずです。私達は、騒乱の世の中にあっても、そのような変化をキャッチし、場合によっては時代をリードしながら力強く生きていくことが大切だと思います。

・子供でも選挙する時代に！

平成28（２０１６）年に改正公職選挙法が施行され、18歳以上の者に公職選挙の選挙権が与えられました。若い頃から政治に関心を持つのはとても大事なことです。コロナ対応を見ても、政治がいかに大切か国民は身に染みて感じているはずです。これから述べるように、世の中では小さい子供に対しても、政治に関する教育や体験が進んでいるようです。

・日本海を眺めながら息子と政治について語り合う

先日の参議院議員選挙の日のことです。私は期日前投票を済ませていたこともあり、この日は朝6時半過ぎには大山山麓のゴルフ場に着き、「ひと仕事を終えて」から午後には皆生温泉オーシャンに赴き、1時間半ほど入浴（サウナ3セット含む）し、マッサージを終えたところで夕方になりました。そして家族は、塾の授業を終えた娘と一緒に、米子まで来てくれました。私も合流してから皆生海岸を少し散策し、その後オーシャンで夕飯を食べました。

食事後、女性陣はそのまま帰宅しましたが、私と息子は温泉へ！

私は、お風呂の中で息子から聞いた話に感心しました。と言いますのも、息子が母親に付き添って選挙会場に行った際、島根大学の学生さん達が子供向けに模擬選挙をやってくれていたのです。息子によると、経済、教育、国防、年金等いくつかの争点を出してくれて、息子が一つの争点を選ぶと、学生さんが各争点ごとの候補者の主張をまとめた紙を見せてくれて、説明してくれたそうで、それに基づいて投票したそうです。

息子は経済を選びました。経済に関しては、税金を所得に応じて傾斜配点する累進課税か、全員から平等の税率で課税するのがよいのか?という観点から各候補者の主張が整理されており、息子は、「たくさん儲けた人がたくさんお金を持っていい。それが平等だと思う」という理由で全員に平等の税率で課税するべきという主張をする候補者を選んだそうです。

私は、息子の選んだ結論や思考過程はともかく、僅か10歳の年齢で社会の仕組みについて考える機会を与えてもらったことにとても感激し、そのような場を与えてくれた選挙関係者の方々、アテンドしてくださった島根大学の学生さん達に感謝の気持ちが絶えませんでした。

・何十年も先に効果が現れる

こうした社会教育はすぐに効果が現れるのは難しいでしょうが、子供の頃からこういうことに関心を持って生活することを教えられている今の子供たちが大きくなった頃には、もしかすると日本社会が変わっているかもしれませんね。成果が現れるのは何十年も先の話かも知れませんが。

こうして私は、息子とオーシャンの露天風呂で日本海を、そして夕日が沈みゆく島根半島の景色を眺めながら長らく語り合っていました。気づいたら、お風呂に入ってから1時間半近く経過していました。私は前半と合わせたら3時間お風呂に入っていました。特に後半の入浴は濃密な時間になりました。これからの若者に期待です。

10、新しい資本主義「人への投資」
～退職に伴う研修費用返還義務を争う～（2022年10月）

・新しい資本主義「人への投資」が盛んになりつつあります

岸田政権が掲げる「新しい資本主義」の中核の一つに「人への投資」があります。これは、「人材」を人件費という「コスト」としてみるのではなく「投資」とみるという基本思想に立脚したものです。政府は、「骨太の方針2022」において、人への投資に対して3年で4000億円を投入する政策パッケージを創設しました。

これにより、リスキリング（学び直し）や職業訓練によるスキルアップ支援が盛んになされるでしょう。研修助成では、労働者が自発的に受講する研修費用を企業が一部負担する場合にも企業が助成を受けることができるようになり、企業が研修の予定を組みやすくなったことでしょう。おそらく、読者の皆様の企業におかれましても、従業員さんの研修等に投資する機会が増えておられるのではないかと思います。

・せっかく投資したのに辞めちゃったよ（汗）

ただ、問題は、せっかく従業員を成長させようとして研修や資格取得支援等に投資したのに、その社員が一定の成果を得てから退職してしまうことです。退職するのは仕方ないと納得したとしても、会社として釈然としないのは、研修費用等の投資費用が無駄になることです。企業としては、せめて研修に要した費用くらい返還してもらいたいと考えますよね。

・退職に伴う研修費用返還義務を争った裁判例

このような考え方に基づき、企業側の投資費用回収策として採られることが多いのが、企業と従業員との間で条件付き金銭消費貸借契約を締結することです。これは、会社が従業員に研修費用を負担してあげる条件として、従業員は予め定められた一定期間（例えば5年）は勤務を継続することとし、その一定期間継続勤務した時は、研修費用の返還義務を免除するというものです。逆に言えば、一定期間内に退職してしまった場合には、従業員はその費用を返還しなければならなくなります。

この手の話でよく裁判になっているのは、従業員が長期の海外留学や研修を受講し、会社が多額の金銭的出費を負ったにもかかわらず、従業員が早期に退職してしまった場合に、企業側から研修に要した費用の返還を求めて提訴されるという事案です。この場合、従業員側は、研修費用を支出してもらった際の条件付き金銭消費貸借契約が労働基準法16条に違反して無効だから、自分には返還義務がないといって争ってくるというのが定番です。なお、労働基準法16条は、会社は、労働契約の不履行について予め違約金を定めてはならないとした規定で、労働者の自由意思を不当に拘束して労働関係の継続を強要することを禁止しています。

・誰のための研修なのか？ 会社？ それとも従業員？

裁判所の判断基準としては、①研修が業務性を有し、その費用を会社が負担すべきものか（研修が主として会社の業務として実施されたものか）、②消費貸借契約に係る合意が労働者の自由意思を不当に拘束し労働関係の継続を強要するものか否か（労働契約と区別した金銭消費貸借契約なのか）の2つで判断しており、特に①の業務性の有無が大きな判断要素のようです。

①の業務性は、研修や留学への参加は任意なのか、会社が研修先の決定等研修に関与した度合い、研修目的などを総合的に検討します。要は、誰のための研修なのか、それが主として会社のためであればその費用は会社が負担すべきということです。逆に、従業員が自分の好みを入れて、会社への還元が薄く個人のためという度合いが強ければ費用は個人負担になります。

・全体の傾向は？企業は泣き寝入りなのか？

今回の事例で挙げました長期の海外留学や研修に出せるのは一部の大企業に限られると思います。そのような企業の事案では、従業員個人の自己研鑽目的・意欲が高く会社の業務との境界が微妙なものが多いでしょう。しかし、大多数の一般企業では、会社の業務に必要な資格を取得させるための研修であったり、業務に必要な技能を得るための研修等、業務に直接関わる研修について会社が費用を負担してあげるケースが大多数ではないかと思います。

このようなケースで、酷い場合は資格取得直後に条件のいい同業他社に転職する者もいたりして会社としては許せない事例があるかと思います。上記の裁判所の判断基準からすれば、①業務性があるので研修費用は会社負担となるので、訴訟で争えば会社が敗訴してしまう危険性が高く、会社としては法的にも後ろ盾がなく忸怩たる思いをすることになります。企業は泣き寝入りするしかないのでしょうか。

この手の裁判は昭和の時代から繰り返し行われており、それは、企業側としての従業員育成への強い思いと、それを裏切られたことに対する恨み？が強いことを現わしているのだと思います。おそらく、企業としては裁判例の動向は把握しているが（法務部のある大企業はそうでしょう）、そんなことは関係なく、早期退職時に研修費用を返還してもらう条件付き金銭消費貸借契約を締結して、事が起こった時は契約通りに返還請求をし、こじれたものだけが訴訟になっているのだと思います。もしかしたら、企業は、一部が訴訟になって敗訴したとしても、全体としてこのような対応をすることで組織の規律を維持しているのかも知れませんね。

その他の企業の自衛策としては、研修費用を後出しの形で支給することで企業の手出しを最小限に済ませることもありえるでしょう。また、冒頭で触れましたように、このところ「人への投資」に対する企業への補助金が充実しつつありますので、企業の直接の手出しを少しでも減らしていくことも工夫していくといいと思います。

個別具体的な事例ごとに対策は色々と考えられると思いますので、適宜ご相談いただけたらと存じます。

第5章

アスリートと経営者のメンタリティー

1、大阪桐蔭西谷監督に学ぶ人生論（2015年2月）

・高い志と謙虚な姿勢が「粘り」を生む

年が明けたと思えばもう2月も半ばです。

そろそろ春の声が聞こえてきそうですね。春の訪れといえば「花粉症?」、いや選抜高校野球です！

山陰からは、米子北高校が初出場を果たしますが、大阪出身の私としては昨夏からの夏春連覇を狙う大阪桐蔭に注目してしまいます。大阪桐蔭は、昨夏に2年ぶり4回目（春夏通算5回）の全国制覇を果たした全国屈指の強豪ですが、大阪桐蔭を支えるのが名物の西谷浩一監督です。西谷監督は、まるで「親方」と呼びたくなる風貌ですが、いつも物腰低く、謙虚で落ち着いた素振りは学ぶことが多いです。

私は、大阪桐蔭の試合と西谷監督のインタビューを必ずビデオ撮りし、何度も見返しております。昨年の夏も例に漏れず、西谷監督のインタビューを何度も見返して、同じ組織をまとめる指揮官として、西谷監督の考え方や精神を自分に吹き込みました。各試合で私の感じたことを書いてみたいと思います。

〈一回戦〉　大阪桐蔭7－6開星

練習試合でも大勝した相手にまさかの大苦戦でした。先発し、初回に4失点した田中投手について、西谷監督は、「点数はとられましたが、二年生ですし、いい勉強になったと思います。次は必ずやってくれると思います」とおっしゃいました。これだけ打たれたら、正直、色々と言いたくなるはずです。しかし、西谷監督は、公の場で、田中投手のことを「次は必ずやってくれるはず！」と言ってのけました。これって凄いことですね。田中投手はこれを意気に感じ、3回戦の八頭戦で3安打完封をやってのけたのは言うに及びません。また、「今すぐ帰って練習したいくらいです」との言葉は、正直な西谷監督の気持ちでしょうし（たぶん、腸が煮えくり返りそうになっていたと思います）、本当に練習していたでしょう。おそらく気が済むまで練習したのだと思います。こういう危機感が大事ですし、大阪桐蔭の「目標設定」がどこにあるのかをよく物語る発言だと思います。本気で全国制覇を狙っているのですね。

〈二回戦〉　大阪桐蔭5－3明徳義塾

明徳有利と言われた中の大一番でした。インタビューでは天下の大阪桐蔭の監督さんから、「勉強」「成長」ということばが、何度か自然に出てきたことに驚きました。この謙虚さって、西谷監督の心にしみついているのでしょうね。また、明徳の岸投手攻略について、初回に2点先制しましたが、これについて監督は、「好投手相手でワンチャンスしかないと思っていた」とおっしゃいました。力の競った相手との試合では何度もチャンスがありません。一度もチャンスがない訳ではなく、必ずチャンスが訪れますが、それは一回切りで、それを逃すと勝つのは至難の業になります。これって野球に限らず人生でも同じことが言えると思います。チャンスを逃がして、後で

「こうすればよかった、ああすれば良かった」と嘆いたところで後の祭りです。「ワンチャンス」を生かすには、常にアンテナを張って準備をしておくことが大事です。有意注意の状態です。「ああなりたい、こうしたい」との強い思いや志が準備につながるのだと思います。

〈準決勝〉　大阪桐蔭15－9敦賀気比

豪打の気比との事実上の決勝戦でした。一回表に5点とられましたが、西谷監督は、「9イニング換算で考えていたので、ベンチでは九回裏までやっていいんだぞと言っていました。いくら打たれても粘り強くやるよう話していました。日本一ということを毎日子供たちと話をして夢みてきたので、決勝戦は日本一へ挑戦できる喜びを心にもってやりたい」とおっしゃいました。思わぬ展開で、普通なら焦ってパニックになるはずですが、落ち着いておられました。このあとの選手のコメントも含めて、大阪桐蔭が本気で全国制覇を狙っていて、志というか目指しているところが、他のチームと違うことがはっきり分かりました。敦賀気比も一生懸命にやって優勝を狙っていたと思いますが、大阪桐蔭の場合、全国制覇への熱い思いが潜在意識に透徹するほど強いものだったのだと思います。勝負を分けたのはそこだったように思います。志の高さがいかに大切なのかを感じます。

西谷監督のお話を聴いていると、とにかく粘りが大事で、監督の謙虚さがにじみ出ていました。

ちまたでは、「西谷監督は『粘り』ばっかり言うよね」という声が聞こえますが、それが物事の本質ではないでしょうか。あることを成し遂げた人や偉人のことばって、同じことの繰り返しが多いです。だけど、それが本質なんだと思います。西谷監督の場合、それが「粘り」なんでしょうね。

では、どうやったら粘れるのか？

私の考えでは、高い志と謙虚な姿勢が粘りを生む。そう思っています。これは当事務所の今年のスローガンにもなっています。

私も高い志を持ち、謙虚な姿勢で粘って粘って粘り抜きたいと思います。

2、勝負にかける執念（2017年5月）

・勝負事における心構え

今年の春のセンバツ高校野球は、大阪桐蔭と履正社の大阪勢同士の決勝戦となり、大阪桐蔭が優勝しました。どちらも大阪の学校ですが、ここ数年の高校野球界を引っ張ってきた両校の対決に、大阪のみならず全国の高校野球関係者が注目していたことでしょう。ちなみに私は、司法試験に合格するまで大阪で過ごし、母校の野球部の指導をしながら、「弁護士をしながら高校野球の監督になりたい」と思った時期がありました。また、弁護士になってからも、大阪桐蔭の西谷監督の選手育成や勝負にかける思いにはとても注目していてビデオ撮りしながら西谷監督のことをいつも研究しつつ、大阪桐蔭に対抗する履正社の戦いにも注目していました。

・ここ一番での強さ

大阪でしのぎを削り甲子園で活躍する両校ですが、実は夏の甲子園の予選にあたる夏の大阪大会では、中日の平田良介選手がいた大阪桐蔭が、オリックスのT－岡田選手のいた履正社に勝った2005年夏以降、大阪桐蔭が9連勝中です（春や秋の大阪大会はそれなりの勝敗です）。夏の予選は他の大会と違って絶対に負けられない試合です。実力が拮抗しているのに、大一番になるとなぜこんなに極端な結果になるのでしょうか。

・勝負にかける執念

専門的な話は抜きにしても、今回の決勝戦をみていて感じたのは、勝負にかける執念、メンタルの持って行き方の違いです。選手たちをマネジメントしている大阪桐蔭西谷監督と、履正社岡田龍生監督（この方もT―岡田ですね（笑））のここ一番の平常心と勝負勘の違いもあるかと思います。

一回表、大阪桐蔭の先頭打者がいきなりライトスタンドへのホームランを放ちました。この一発が試合の流れを左右することになりましたが、この時、履正社のエースは「すっげえー。いきなり打たれてしもた」って顔をしていました。さらに六回にも同じバッターにホームランを打たれて、履正社のエースは、また「すっげえー」という顔をしていました。また、履正社の攻撃でも、大阪桐蔭のエースにアウトローいっぱいに真っ直ぐを決められ見逃し三振した時も、履正社のバッターは、ため息をつくような表情をみせていました。

男の意地を賭けた大一番の戦いでそのような顔をしていて勝てるのでしょうか。内心で「すげー」と思っても、それを表情には出さずに淡々としていないと本当に強い相手には勝てないのではないでしょうか。独特の勝負勘をみせる西谷監督に対して、いつもの履正社野球の采配をしなかったり、硬直化した選手起用をする履正社岡田監督が対照的にみえました。大阪桐蔭に対してはなぜか余所行きの野球をしてしまう履正社の勝負弱さが如実に現れた決勝戦だったように思います。

私は、西谷監督のインタビューを何度も見返すのですが、西谷監督の「おことば」は、一言一言に重みがあるように感じます。この空気感は何処から出てくるのでしょうか。私も、「勉強を重ねていかないと！」と謙虚に思わせてもらいました。

・理事長杯での「粘り」

桐蔭－履正社戦の翌日は、大山平原ゴルフクラブの理事長杯の予選に出場しました。理事長杯というのは三大競技といってそのゴルフ場の年間王者ベスト3を決めるような大会です。周りは百戦錬磨のゴルファーばかりで、私は場違い感全開でした。ドライバーは私よりも50ヤードは遠くに飛ばす方ばかりで、ウカウカしていると、大阪桐蔭のプレーに「すっげえー」と感心してしまう履正社の選手の心境になってしまいかねません。しかしそこは、桐蔭 - 履正社戦を思い出して、周りに呑まれず自分のゴルフを粘り強く淡々とし続けました。その結果、何とか予選を通過し、翌週の決勝戦に進出できました。決勝戦は序盤に私の持病？である「バンカー恐怖症」が発症してしまい苦しいラウンドとなりましたが、粘り強く自分のゴルフを続けることができました。結果は残念ながら10位でしたが、これを機にクラブ選手権などアスリートゴルファーが集う戦いにも挑んでやろうと思いました。

　優勝したのは山陰のアマチュアゴルフ界では有名な米子の開業医さんでした。開業医さんですから、日曜日しかラウンドはできないはずです。私も日曜日しかラウンドできませんから条件は同じです。闘争心メラメラですね！

スポーツの話ではありますが、仕事もゴルフも、人生何事においても「粘り強く」やり抜くことが大切だと思いました。

3、春の山と夏の山は別物（2017年7月）

・最高の道楽？

先日、広島県庄原市（旧比婆郡東城町）にある谷繁元信球歴館を訪れました。島根県の皆様には、「江の川高校の谷繁」といえば分かりやすいでしょうか。谷繁氏は横浜ベイスターズから中日ドラゴンズに移籍し、中日では監督も務められました。また、出場試合数は、野村克也氏を抜いて歴代最多の3021試合になります。

谷繁氏は、中学までを広島県の東城町で過ごし、球歴館は実家を利用したようです。球歴館を切り盛りしているのは谷繁氏のご両親で、入館料は一人300円です。球歴館には、グローブ、ユニフォーム、記念写真など谷繁グッズが所狭しと並べてあり、野球少年だった私は、少年に戻ったように谷繁グッズを手に取り、館長を務める谷繁氏のお父さんとツーショット写真を撮らせてもらったりと最高に胸が躍りました。私としては、谷繁球歴館が「旅のハイライト」だったかもしれません。おそらく、全国の野球ファンがこの球歴館を訪ねたら、私と同じような行動をとるのではないでしょうか。

入口には、「谷繁囲碁道場」との看板が残っており、球歴館のために特に新しく改装した様子はありません。当時の応接間などにグッズを並べただけでお金は殆どかかっていないはずです。他の選手では、「○○記念館」というちょっとした小奇麗な記念館を建てておられる方もおられますが、谷繁球歴館はそれとは一線を画しています。味があります！何だか親しみがあります。根っからの「野球オヤジ」であったであろうお父さんが、息子の足跡を残すために自己満足的に息子のグッズを所狭しと並べた感じです。それでいいんです！そして、私達のような野球ファンが心ときめかせて喜んでいる！

お父さんが、息子のものを自己満足かもしれないけれどありったけ展示し、それをみたファンが大喜びする。単なる自己満足的な道楽のはずが、野球ファンからすると最高の楽しみになっています。「自分の好きなことをやっただけのはずが、他人からも喜んでもらえる」。これって最高の道楽ですね！

・春の山と夏の山は別物

さて、谷繁氏は選手兼任監督を経て選手としての現役引退後、監督業に専念しますが、監督としては結果を残すことが出来ませんでした。

ここで大阪桐蔭の西谷監督が今年の春の選抜甲子園の優勝監督インタビューでお話

された言葉を思い出します。西谷監督は、「明日から夏の山に登りたいと思います」とおっしゃいました。これには深い意味があって、「春の甲子園を目指す春の山と、夏の甲子園を目指す夏の山とは全く別の山なので、春の甲子園で優勝して春の山の頂上にいる自分達は、一度春の山を下山してからでないと夏の山に登ることが出来ない」ということだそうです。

つまり、何か目標を達成して頂点に立っても、新たな目標を立てて次に向かう際は、一度全てをリセットして新たな気持ちで次に向かわないといけないということだと思います。

谷繁氏が監督として成功しなかったのは、「選手としての山」をちゃんと下山せずに、「監督としての山」に登ろうとしたことが原因だとは思いません。

しかし、我々の人生において、何かに成功した後、「次は全く別の山に登るのだ」という意識を持つことはとても大切なことだと思います。

4、力の限り生きたから未練などないわ（2017年9月）

「力の限り生きたから未練などないわ」。ドトールコーヒーの創業者鳥羽博道氏が、毎年12月31日に全ての仕事を終えて帰宅する時に車の中で歌う一節だそうです。

人間は、全力で生きていようが中途半端に生きていようがいつか必ず死にます。であれば、悔いのないよう力の限り生きていこうじゃないか、そういう思いを感じとることができます。

・全力でやり切った時の涙

お盆の最中、全米プロゴルフ選手権での松山英樹選手のプレーに世界中が注目しました。日本人初のメジャータイトル獲得の期待がマックスに高まったのです。私も夜中から起きてテレビにクギ付けでした。最終日は前半9ホールで単独首位に立ち、10番でもバーディをとり、「ついに来たか！」と期待しましたが、11番からまさかの3連続ボギー。その間に、同組のジャスティン・トーマス選手が粘り強くついてきてあっという間に逆転しました。追う立場になった松山選手は14、15番でバーディをとり粘りますが、16番でショートパットを外し痛恨のボギーを叩いてしまって勝負あり。

日本はもちろん世界中から松山選手に注目が集まり、しかも同組のライバルがピッタリとついてきて、松山選手を逆転してからも自分のペースでスコアを伸ばし続ける中で「力の限り」戦った松山選手のプレーは立派でした。私達のようなアマチュアゴルファーでもプレッシャーを感じ、「人間的な感情」を持ちながらプレーする訳です。それだけに感情移入もし易かったのですが、我々の想像を絶するプレッシャーの中、多くのものを背負ってプレーした松山選手の激闘ぶりにことばがありませんでした。

試合後のインタビューで感極まった松山選手の姿をみて、私自身の司法試験受験時代を思い出しました。私は「現代の科挙」と呼ばれた旧司法試験に9回目の挑戦で合格したのですが、最初の頃は落ちても涙は出ませんでした。しかし、合格が近づくにつれ、受かろうが落ちようが涙が出るようになり、合格した時は、「試合前」（試験前）に黙とうをしていたら、自然に涙が出てきました。このような心境は、「力の限り、全力でやり切った」から流れる涙だと思います。松山選手の涙も、「力の限り、全力でやり切った」者だけが流せる涙じゃないかと感じました。今回は悔し涙でしたが、いつか勝利の涙を流せる時がくるのではないかと感じた次第です。

第6章

自動車の運転と法律

1、38キロでもボロボロになります（2015年7月）

・千葉県で自動車事故についての研修を受けました

先日、提携させていただいている損害保険会社様のご紹介で千葉県船橋市に赴き、2日間にわたり自動車事故の研修を受けてきました。㈱自研センターという、損保会社が出資した自動車についての研究機関での研修でした。

研修では、解体した自動車をみながら車の構造を勉強した後、実際に自動車の衝突実験が行われました。ホンダのフィットが時速38キロで進行し、横向きに停車しているトヨタのヴィッツの運転席側に衝突するというものでした。「たったの38キロ」と思いがちですが、衝突の衝撃による音や臭いがかなりあり、車も数メートル移動しました。ぶつけられたヴィッツは運転席側の外側のボディがボロボロで、もしそこに座っていたら…と思うとゾッとしました。センターの先生によると、「この程度の速度なら、身体は粉々にならないが、衝撃により頭や腰を打撲して大怪我をする可能性がある」とのことでした。私は車を自分で手洗いしていますが、洗車しながらボディを触ると、車種やメーカー、さらにメーカーの国籍によってボディの硬さが全然違うことが分かります。衝突の人体への衝撃も全く違うでしょう。実際の衝突現場を目の当たりにし、安全意識が高まりました。

翌日は、衝突した車の修理作業の研修でした。板金や塗装、事故で歪んだフレームの修正など、職人技を目の当たりにしました。先生によると、現代の技術では外観も機能も事故前の状態に戻せるそうです。この点、事故によって車のリセールバリューが落ちるいわゆる格落ち（評価損）について、評価損についての損害賠償請求の根拠として、事故による外観や機能の低下が挙げられますが、現代の技術ではその根拠が通用しなくなりますね。むしろ事故歴による商品価値の下落という精神的なものが大きいのでしょうが、それだと損害の根拠がファジーになって益々認められにくくなりますね。不幸にも車をぶつけられた時は、①現代の技術を信じてその車を乗り潰す、あるいは②日頃からディーラーと仲良くなってうまく次の車に乗り換える、というのが対策になりそうですね。

ちなみに、いわゆる「事故車」というのは、フレームと呼ばれる車の骨格部位を修理した車を言うのであって、ドアなど取り外しができる部分を修理した場合は「事故車」にあたりません。中古車を購入されるときは気をつけた方がいいと思います。この点、日独で修復履歴の残し方に違いがあるそうで、ドイツ車では細かな修復履歴をちゃんと残しておいて、そういう履歴が明らかになっていることが安心と信頼につながるとの考えで中古車の修復の履歴が分かるようになっているそうです。

《余談》

2日間の研修の合間の夜、東京ドームに巨人－広島戦を観戦しに行きました。ジャイアンツ亀井善行選手のファウルボールをキャッチし記念に持ち帰りました！（巨人ファンではありません。）

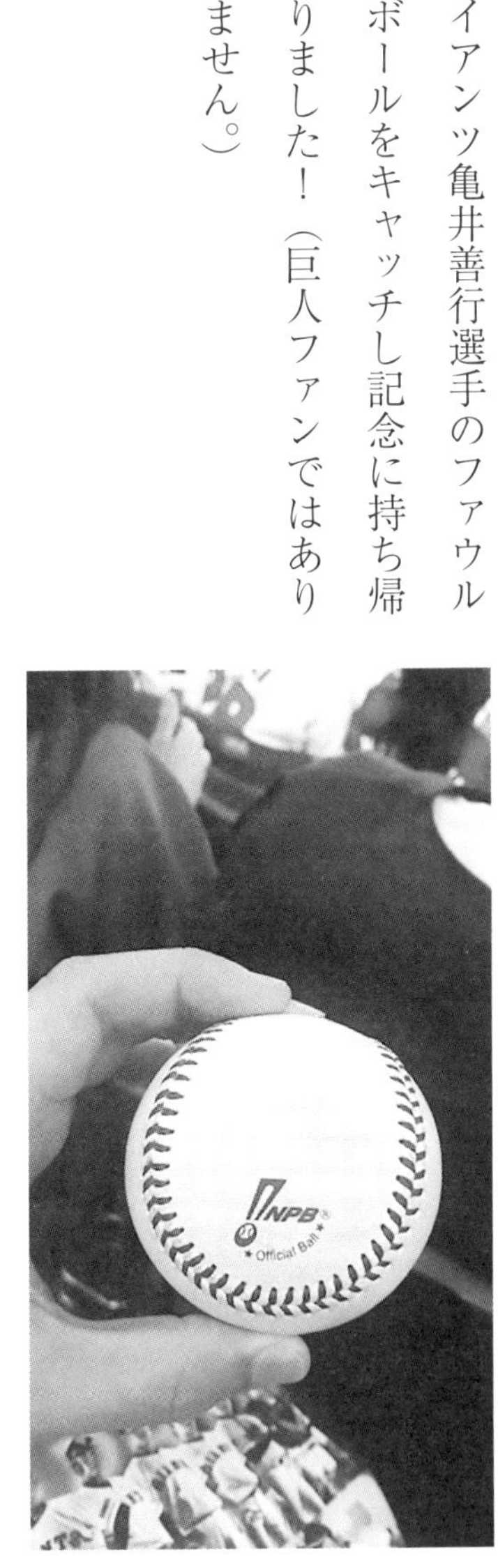

2、ハイビームが基本（2017年5月）

・夜道の運転でハイビームを活用していますか？

夜間に運転する時、遠くが見えにくくて不安を感じながら運転されることが多いと思います。そのような時、皆さんはハイビームとロービーム、どちらを活用されていますか。

警察庁の統計によると、全国で夜間に道路横断中にはねられて死亡した事故のうち、ロービームだったのが96％を占めたそうです。

これを受けて、警察庁では、運転免許講習で使う「交通教則」を一部改正して、ハイビームを積極活用するよう明記することにしたそうです。

ハイビームとは、車両から約１００ｍ先まで照らすことができるビームで、ロービームとは、車両から40ｍ先までしか照らすことができないビームのことを言います。

皆さんは、ハイビームとロービームをどのように使い分けておられますか。私の場合は、対向車がいるときや明るい市街地など周りに迷惑になるときはロービームにしますが、それ以外はハイビームにして運転しています。少しでも明るくて遠くまで見えた方が安心なのと、周りに自分の存在を知らせるためです。ロービームとハイビームの切り替えはとても頻繁にしています。切り替えは面倒ではありませんし、ハイビームでないと不安なので、走行中できるだけハイビームにするチャンスを窺っています。

しかし、世の中では、対向車への迷惑などからロービームで運転されている方が多いように思いますし、ロービームが基本と思われている方が多いと思います。

・法律にはどう書いてあるか？

では、法律上の規定はどうなっているのでしょうか。道路交通法52条などによると、夜間はハイビームをつけなければならず、他車とすれ違うなど他の車両等の交通を妨げるおそれがある時に限ってロービームを用いることと規定されています。つまり、夜間の走行は、ロービームが基本ではなく、その逆の「ハイビームが基本」なのです。ですので、実際の利用実態と違って、法令上はハイビームが基本になるのです。

・裁判ではどうなるのか？

では、「ハイビームが基本」ということが、実際の裁判などで結論に影響を及ぼすことがあるのでしょうか。この点について興味深い裁判例があります。

夜間に制限速度60㎞の道路を、ロービームで時速70～90㎞で走行していた大型自動二輪車が、未開通の道路前に設置されていたバリケードに気づかず衝突してしまった事故で、運転者が道路を設置管理している国を訴えた事件です。裁判所は、「現場が照明施設のない暗い道路なので、運転者はハイビームにした上で前方に障害物を発見したときはこれを回避できるような安全な速度で進行すべき注意義務がある」と述べ、この件の運転手はハイビームにしなかったばかりか、高速度で運転するという重大な過失があったので、運転者の請求を認めませんでした。

ハイビームにしていれば危険を回避できた場合には運転手の自己責任とされており、このように「ハイビームが基本」ということが実際の裁判例でも考慮されています。ライトの切り替えは面倒かも知れませんが、しっかり身に付けておくことが安全運転のためには欠かせない操作です。

3、クラクションを鳴らすこと（2019年2月）

・クラクションを鳴らさないとぶつけられた方が悪いのか？

車を運転していると、クラクションを鳴らすことがあると思います。みなさんは、クラクションをどのような場面でどれくらいの頻度で使用されますか。上品で控えめな島根県人と違って、関西方面に行くと、あちらの方々はクラクションをバンバン鳴らしてきます。大阪から移住して間もない頃は、私も大阪のノリでクラクションを色々な用途でたくさん鳴らしていましたので、家内にそのガラの悪さを叱られたものです（笑）。

さて、そのクラクションですが、道路交通法（54条2項）では原則としてクラクションは鳴らしてはならないと規定されています。つまり、前の車の速度が遅いからクラクションを鳴らしたり、信号待ちで前の車が信号の変化に気付かないから鳴らしたりしてはいけないという事です。

・クラクションを鳴らしていい場面とは？

しかし、全く鳴らしてはいけないということではなく、道路交通法54条1項には、クラクションを使用できる場所や機会について規定があります。

その規定によると、使用できる場所とは、①左右の見通しのきかない交差点②見通しのきかない道路の曲がり角、又は見通しのきかない上り坂の頂上で道路標識等により指定された場所、③山地部の道路その他曲折が多い道路について道路標識等で指定された区間における①②に該当する場合、④危険を防止するためやむを得ないとき、が挙げられます。実際の場面では、④の「危険を防止するためにやむを得ないとき」の解釈が問題になることが多いようです。

ちなみに、クラクションを使用してはならない場所で使用した場合には2万円以下の罰金又は科料が科せられますので、そういう理由で警察に捕まることもあることは頭に入れておいてください。

このように、クラクションはやたらめったら鳴らしてはいけないということですが、事故の際にクラクションを鳴らさなかったために、車をぶつけられた側にも過失が認められた事例があるのでご紹介します。

・駐車場でクラクションを鳴らさなかったことが過失ありとされた事例　（千葉地裁、平成23年10月18日）

判決の事案は下の図の通りで、加害車両が駐車スペースに駐車しようとしてハンドルを右にまわしながら後退中だったので、被害車両は駐車場入り口付近で停止して加害車両の駐車が終わるのを待っていたところ、同車両が被害車両に衝突してきたものです。つまり、停止中の被害車両に加害車両が後退しながら衝突してきたものです。

普通は停止している方には過失がないはずで、被害車両の過失はゼロで加害車両の過失が10のはず。しかし、この裁判では、被害車両3、加害車両7の過失が認められました。それはなぜでしょうか。

裁判所の判断は、加害車両は事故が起きてから初めて被害車両の存在に気づいたの

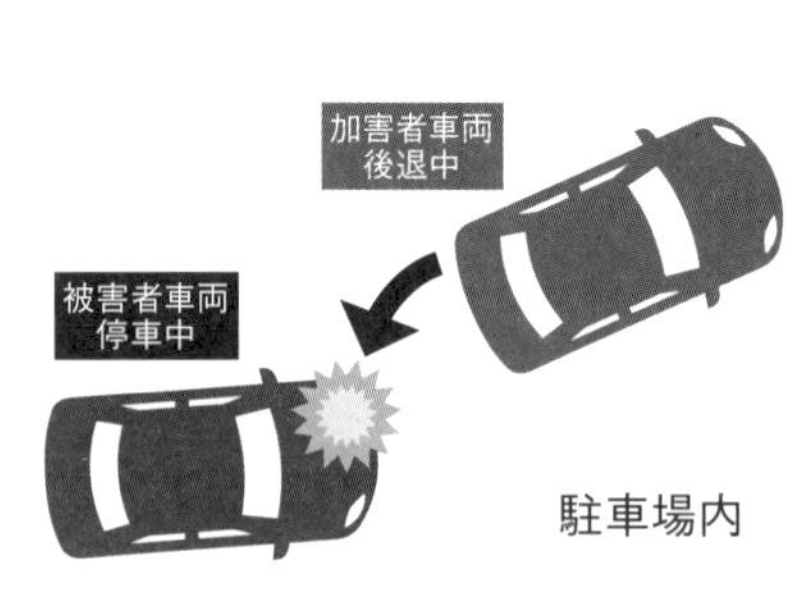

であり、加害車両には後方の安全を確認して自車を後退させる注意義務に違反したといえるとして、加害車両に多くの過失を認定しました。

他方で、被害車両は、加害車両の駐車が終わるのを待つに当たって、加害車両の後退の妨げにならないような位置に自車を停止させておくべきであったのに、不適切な位置に自車を停止させた過失、及び、事故を回避するためにホーン（クラクション）を鳴らさなかった過失があると判断して、被害車両に3割の過失を認めたのです。

つまり、駐車場で停止中に、自車にぶつかってきそうな車がいれば、事故を回避するためにクラクションを鳴らす義務があり、被害車両はその義務を怠ったという判断なのです。クラクションはやたらめったら鳴らしてはいけませんが、クラクションを自分の身を守るための防具として活用する義務があり、活用しなかったら自分が損をするということのようです。何だか釈然としないものがありますが、最近は駐車場での事故が増えているようですので、皆さんも気を付けてください。

第7章

地方の弁護士が他地域に呼ばれるということ

1、新潟県での講演　～人情厚い新潟の人々～（2018年12月）

11月の9日から10日にかけて新潟県スポーツ協会さんからお呼びいただき、2日続けて講演してまいりました。初日は、北信越体育施設研究協議会で「体育施設におけるクレーム対応」についてお話しさせていただき、2日目は、新潟県スポーツ協会主催の地域スポーツクラブマネジメントセミナーにて、「クラブ運営におけるクレーム対応・トラブル解決法」ということで、クレームの他に個人情報の扱いやスポーツにありがちな肖像権、著作権などについてお話しさせていただきました。

講演の会場は、ハードオフエコスタジアム新潟（プロ野球のオールスター戦も開催したそうです）という野球場、それからアルビレックス新潟の本拠地であるデンカビッグスワンスタジアムということで、新潟だけに留まらず日本海側ではトップクラスの設備や規模を誇るスポーツ施設で講演させていただき、ワクワク感がありました。

・地方の弁護士が他地域に呼ばれるということの意義

実は、新潟県スポーツ協会さんとは5年前に講演で呼んでいただいて以来お付き合いが続いております。

東京や大阪の弁護士が地方に講演で呼ばれることはいくらでもありますが、地方の弁護士が他の地域に講演で呼ばれることはあまりありません。

やはり東京というブランド力と、世間の「都会の弁護士の方が実力がある」という風潮からか、主催者側としては、「講演をしてもらうなら、都会の有名な先生に」という心理が働くのでしょう。そのような中、島根の田舎の弁護士に依頼してくれたことは大変光栄に思います。私の実力そのものとともに、人柄も含めた長年築き上げた人間関係もあるのかなと思っております。特に新潟の担当者の方とは、「気付いたら毎年お会いしていますね」という感じで交流があり、人と人とのつながりの大切さを感じております。

私の場合、新潟県以外では岐阜清流国体の前座事業での講演や、山口県体育協会さんからも何度か呼んでいただいております。依頼していただいたきっかけは色々ありますが、基本的には自分からの情報発信に加えて、人脈や口コミが大きな役割を果たしております。遠隔地であっても、地道な活動をして評判が口コミで広がっていくことを実感しております。

こういった地道な活動が、「島根の弁護士　井上晴夫」を全国区にできることにつながると思います。また、呼んで下さった方々への恩返しにもつながるので、大切にしていきたいです。

あとは、こういう全国に広がる「島根の弁護士　井上晴夫」の評判をいかに収益につなげていけるのか、ここが大事になります。今は講演料をいただく以上の実入りになっておりませんので、弁護士法人の経営者としては、ここからが腕の見せ所となります。

スポーツというニッチな市場ゆえ全国に私が営業範囲を広げることができている面はありますが、スポーツ法務そのもので収益を上げるのは市場が狭すぎて難しいところはあります。ただ、ここで詳しく申し上げることはできませんが、スポーツを一つの切り口として他の分野でクライアントを広げていくことはできると実感しております。

2、熊本での講演　～高齢者のクレーマーが増えている？～（2019年4月）

3月中旬には、熊本県にお邪魔し、熊本県体育施設協会主催の協議会で、「クレーム対応」について講演させていただきました。私が昨年11月に新潟県で講演した時の評判を熊本の方が聞きつけて、声がかかりました。自分の仕事を評価していただいてとても嬉しかったです。

熊本県民総合運動公園にて

熊本県にも弁護士はおりますし、クレーム対応そのものは弁護士の業務として一般化しておりますので（特殊業務ではありません）、わざわざ島根から高額の旅費を負担してでも（米子空港→羽田→熊本空港という空路をとりました）私を呼んでくれた意味というのを考えてみました。

やはり弁護士というのは人気商売で、「この弁護士に頼みたい」というのがあるのかなと思います。それは、私が過去に新潟県を始め、岐阜県、山口県の体育協会などで講演した評判が、「わざわざ島根から井上晴夫という弁護士を引っ張ってこよう」という判断につながったのだと想像しております。

法律事務所の収益だけで考えれば、遠方での講演は直接の顧客につながる確率は低く採算は取りにくいですが、全国での実績を積み重ねていくことで私自身のブランド化につながり、広い意味での収益にもつながります。また、わざわざ請われて遠方に行くのは、自分の「承認欲求」が満たされた側面もあり、嬉しいものです。

・定年退職した高齢のクレーマー

講演後の質疑応答では、質問がたくさん出てなかなか終わりませんでした。それだけ皆さんがクレーマーに悩まされている証拠だと思いました。

そして、今日発見した新たなクレーマーの特徴としては、定年退職後の高齢者からのクレームが多いという点です。会社ではそれなりの地位にあった方が、退職後、「ただのおじいさん」になってしまい、「自分の居場所が欲しい」、「話し相手が欲しい」等といった理由（ここは推測です）でクレームをつけてくるようです。こういう方は勉強熱心で知識もお持ちなので、対応する側は相当にストレスが溜まるようです。

また、定年退職後、家庭内やご近所での付き合いもうまくやれているのか心配になる部分もあります。こういう話は、元気な高齢者がたくさんいるようになった日本社会全体の問題でもありますので、非常に根が深い問題と思います。

講演をしてお金をもらいながら、私自身が勉強させていただいたようです。講演に呼んで下さった熊本県体育施設協会の方々並びに私の話を聞いて下さった方に感謝します。

島根県邑南町で講演する筆者

3、邑南町での講演 ～血は水よりも濃い～（2018年12月）

・邑南町商工会での事業承継セミナー

11月14日は邑南町商工会に出向きまして、事業承継・後継者育成セミナー「息子に任せるということ　～任せる側と任される側の心構え～」と題して講演をさせていただきました。

この企画は、5年前に私が島根県トラック協会さんで講演させていただいた時に、私の講演を聴いていい印象を持って下さった方が、再び私の話を聴きたいとのオファーを出してくださったことで実現しました。新潟県スポーツ協会さんと同様、過去の私の仕事を評価して下さり再び声をかけて下さったことはとても嬉しいことで、こういう地道な活動が大切なのだと感じております。

昨今、事業承継・後継者育成問題はとてもホットな話題で、日本社会を支えていく上で避けて通れない課題です。そして事業承継といっても、親族に継がせる場合からM&Aまで幅広い手法がありますが、地方で最も多く、古典的かつ基本的な承継方法である「息子に継がせる」という親族内承継を中心にお話しさせていただきました。いわゆる同族企業、「ファミリービジネス」の事業承継について、ファミリービジネスの特徴に遡って紐解いていきました。

・ファミリービジネスはサバイバルリスクが低い起業である

ファミリービジネスは、ＩＴ業界など都会の華やかな事業と比べて地味かもしれません。

けれども、立ち上がっては消える都会等の新規ビジネスと違って、親が立ち上げたり承継してきた事業は、何十年、下手すると何百年続いてきた事業です。そのこと自体が尊いことだと思います。

新規創業は派手さがあって面白いかも知れませんが、経営者の能力や人格だけでなく、資金面、時には運も絡み10年続けるだけでも大変です。それに対して、ファミリービジネスは既に先代達が築き上げた事業基盤があり、そんなに簡単には潰れません。

・自分にしかできないこと

しかも、「血は水よりも濃い」と言いますが、創業者や会社を継いできた経営者にとって、自分の子供が事業を継いでくれることがどれだけ嬉しいことか、そこには言葉に出来ない思いがあります。私自身も、創業して11年になりますが、自分が一から作り上げた法律事務所を30年後に誰に継いで欲しいかといえば自ずと答えは出ています。後継者の立場からみても、家業を継ぐということは、父親を始め家族の思いや周囲の納得という点からしても、ファミリービジネスを展開する家庭に生まれ育った自分にしか出来ないことなのです。つまり、後継者にとって、家業を継ぐことはその家に生まれ育ったその人にしか出来ないことなのです。そういう意味では「自分にしかやれない仕事」をやることは人生にとっても生き甲斐があることだと思います。

今回の講演では、時間が足りないくらいしゃべることがあり、決められた時間内にお話しを終えるのが大変でした。私の仕事が、島根県における事業承継、ファミリービジネスの円滑な承継に少しでも貢献出来たら幸いです。

4、松江南高校での講演　～感極まるものがあるか～（2014年12月）

11月中旬は、松江南高校での職業教育「生き方講座」の講師をしました。

この生き方講座は、平成19年から講師を務めさせていただいており、今年で8年目になります。今年は、弁護士の仕事の中身などよりも、まさに「生き方」や人生観、私の考える「生きていく上で大切なこと」をお話しするようにしました。具体的には、
①人生は善いことも悪いことも、自分の思った通りにしかならないこと。だからこそ、いいことをイメージして自分の将来を思って欲しい。
②自分の将来に対しては、強烈な思いを心に抱き、寝てもさめてもそのことを考え、その思いの実現のために一心不乱で取り組み、言い訳ができないくらい一生懸命に取り組むこと。例えば、勉強でも部活でも、本番前に目を瞑り胸に手を当て、これまでの自分の取り組みを思い出せば感極まるくらいの強烈な取り組みが必要というこ

とです。私の経験でいえば、司法試験に合格した年は、いつも通っていた予備校の自習室に挨拶と感謝の一礼をしてから試験会場に向かい、試験会場では、目を瞑り胸に手を当てて、心を清めていたところ、感極まるものを感じ、「自分はこれだけ頑張れた」と自信をもって本番に臨めたことなどをお話ししました。

③何事も、自分の取り組むことを好きになること。好きなことをすればストレスは感じません。もちろん、好きなことをするから楽しいのです。是非、自分の取り組むことを好きになって楽しくやって欲しいことをお話ししました。

松江南高の生徒さんの心に少しは響いてくれていたら幸いです。

※松江南高校での私の講演を聴いて弁護士になり、私の事務所に入所してくれた人がおり、嬉しい限りです。

5、鹿島東小学校での講演　～子供の頃から心掛けること～（2019年12月）

去る11月7日、私は松江市立鹿島東小学校4年生の総合学習にお呼びいただき、弁護士の仕事についてお話をしてきました。小学生相手に弁護士の仕事の話をするのは初めてのことでした。小学生に弁護士の仕事の中身を説明するのはとても難しく、頭を悩ませました。そこで、特に台本は作らず弁護士としての生き様を伝えてみようと考え、子どもさん達の顔を見ながら日頃考えていることを瞬発力で話してみました。

小学生に弁護士の仕事の中身を話すのはなかなか難しかったのですが、先生方のご要望もあり、「弁護士の仕事の7つ道具」的に弁護士業務に関わるものをみんなに紹介しました。

・弁護士の仕事の7つ道具！井上の7つ道具かも!?

弁護士バッチを、私のものと若い弁護士のものと2つ用意して、みんなに実物を見てもらったり、六法全書も見てもらいました。初めてみる弁護士バッチにみんな興味津々。そして、六法全書の分厚さに驚き!!という感じでした。

そして、「人の役にたちたいから弁護士になりたい！」という児童さんがいたので、私が鞄の中で持ち歩いていた松下幸之助さんの著書を取り出し、「松下さんによると、世の中の仕事は全て人の役にたつためにあるんだよ。だから、自分が弁護士の仕事に興味を持ったのなら、必ず人の役にたてるから弁護士になれるように一生懸命勉強したらいいよ!!」と話してあげました。

さらに、夜中まで仕事したりして、疲労回復はどうしているの?という質問に対しては、これまた私の鞄の中に入っていたドクターエアーのアイマッサージャーを取り出して実演してみました。アイマッサージャーでの仮眠が眼精疲労、睡眠不足、メンタルヘルスケアにとても役立つのです。

・子供の頃から心掛けるべきこと

そして最後に、児童さん達には、2つのことを伝えました。一つ目は、「自分たちが学校に通えているのは当たり前じゃないんだよ。お父さんお母さんが必死に働いてくれているからなんだよ。ご両親が家に帰ってきたら、『お父さんお帰り。お仕事お疲れ様！』って言おうね。ご両親に感謝の気持ちを持とうね」と話しました。

子ども達に弁護士バッチの説明をする筆者

二つ目は、「やろうかどうしようか迷っ

ていることがあったら是非チャレンジしよう！やらなかった後悔は人生でずっと引きずるけど、チャレンジして失敗しても人生の活力になるんだよ！」ということでした。

帰宅してから家族に、ネット上に出ている講演の様子や、後ほど小学校から送られてきた児童さん達の感想やお礼状を見せたところ、家内から、「こうやってお礼状をいただくのは嬉しいよね。ところで、あなたうちの子供たちにも人生の話や弁護士の話をもっとしてよ！」と言われてしまいました（汗）。我が家の子育てはどうなることやら。

第8章

非日常の空間で感じたこと

1、ブランド戦略　～夢の世界へ～（2017年12月）

・「いいものをより安く」

日本では長年、「いいものをより安く」という価値観のもと、製造業を中心に、高品質なものを、コストを徹底的に削減しながら提供するというビジネスモデルが通用してきましたし、これまでの日本の経済成長を支えてきました。

しかし今、人口減少とグローバル化の流れのもと、「いいものをより安く」という価値観とともに、「いいものを高く」売るという価値観に基づいた売り方も求められるようになってきました。「高くても、ブランドとしての価値や安心感を含めて、価値の高いものが欲しい」という客層に対する需要を取り込むことが企業としてのさらなる成長につながるからです。

日本企業は、得意技である「いいものをより安く」売る手法から、「いいものを高く」売る手法を身につけるべき転換点に来ているのではないでしょうか。

・夢を売るということ

「いいものを高く売る」という点についてふと気付かされたことがありました。

先日私は、ディーラーさんのご招待により、初めて東京モーターショーに行ってきました。世界中の車メーカーが結集し、世の中の車好きが集まる大イベントですね。

人混みを掻き分け、辿り着いたのはご招待いただいたドイツ・アウディ社のブースです。世界初のレベル3自動運転を実現したアウディA8をはじめ最新モデルがズラリ。「カッコええ!」と感激しながらも、肝心の車には触ることすら出来ません。離れていて内装もよく見えませんし、もちろんお値段の表示もありません。そのため、「なんぼするんやろ?」ということは考えもしませんでした。

とにかく、アウディ車の美しくエレガントな佇まいを眺めて、車に対する夢を感じて欲しいというアウディからのメッセージだと思いました。値段は関係なしに、車そのものにときめいて欲しいということだと思います。ドイツ企業の「いいものを高く売る」文化を垣間見た気がしました。

次はすぐ向かいにある日本のメーカーのブースへ。いきなり目に飛び込んできたのは価格表のあるタッチパネルです。しかもたくさんの人が運転席（「コクピット」）などに座って車の感触を確かめておられて、普通の車販売店の光景で、大商談会という雰囲気でした。まさに、「いいものを安く」売る日本のビジネスモデルに基づいた戦略でした。他の日本メーカーも同じような雰囲気でした。もちろん、大衆車だからこれでいいと思います。

・いいものを高く売ることに慣れていない日本企業

では、同じ日本メーカーでも、高級ブランドであるレクサスは?と思い、立ち寄りました。ここでも価格表のタッチパネルはありますし、高級車の「コクピット」にいろんな人が入れ替わりで座っています。私は、「せっかくの『いい車』なんだから、もっと威厳があってもいいのになぁ〜。高級車って夢があるから高いお金を払うんじゃないか？」と感じていたところ、後ろの50歳代と思われる男性が、「うわ〜1640万やて」と大声でしゃべられるのを聞いて、私は、高級車の「夢の世界」から「現実」に戻された気がしました。

レクサスのことを悪く言うつもりはありませんが、夢を与えることで「いいものを高く売る」という高級車ブランドの戦略としては一考の余地があると感じた次第です。日本のトップ企業であるトヨタ自動車ですら、「いいものを高く売る」戦略について苦戦していることに気付かされました。

・ベンツの挑発「買えるもんなら買ってみろ」

ちなみに、アウディ以外のドイツ車はどうかと思い、メルセデスベンツのブースをのぞくと、ここは値段を表示していますが、シンプルにボードに値段を記載しているだけです。「コクピット」には座れたり座れなかったりですが、かなり落ち着いた感じです。そして、ベンツらしいなと私が感じたのは、2700万円もする超高級車の展示です。空気感としては、「どや?買えるもんなら買ってみろ」といわんばかりにこちらを挑発しているようでした。この空気感はベンツしか出せないでしょうし、ベンツたる所以、ブランドなんだと感じました。私はベンツの挑発にはよう乗れませんわ(笑)。

・ブランド戦略の難しさ

日本人には、「高く売る」ということに対して長らく抵抗感や罪悪感があるように思います。日本人の美的センスにもつながる部分かも知れません。

しかし、これから先、日本企業がグローバルに展開していくにあたって、「いいものをより安く」という戦略だけでやっていけるのかというとそうではないと思います。いいものには付加価値を付けて高く売ることも必要になるかと思います。

そういえば、「高く売る」という戦略について、先日ある方からお話しを聴く機会がありました。山陰地方のある伝統工芸の職人さんは、もの作りは一年のある限られた期間だけしておられて、後は自由な生活をしながら感性を磨いたりしておられるそうです。その職人さんの作られる作品には固定のファンがたくさんおられて、毎年高値で買って下さるそうです。大量生産はせず、ブランド価値を維持しながら創作活動に励んでおられるそうです。

高値で買って下さる固定客の方々は、単なるファンというより、その職人さんを崇拝しているのではないでしょうか。伝統工芸に疎い私は「これになぜ何百万も出せるの?」と思ってしまいますが、崇拝の念もある熱狂的なファンからすると、至極当然の行動のはずです。「高く買ってもらう」ためには、顧客にそのような崇拝の念を抱かせるくらいのブランド力が必要なのだと感じさせられました。

・人生捨てるところなし!全てに意味がある

ちなみに、私は東京モーターショーには、アウディA8のコクピットに座れると思って来場しました。ですので、最初は若干欲求不満でした。

しかし、各メーカーのブースをまわり比較することで、「夢を売る」とはどういうことなのか、「ブランド戦略とは?」ということに気付き、考える機会を持つことができました。一見して遊びのように思える行動から、思わぬ収穫を得ることがありました。人生において自分がとる行動や経験することは、全てにおいて意味のあることで、無駄なことは何一つないと改めて感じました。

2、古民家での一夜　～魂の浄化～（2016年1月）

私も40歳を過ぎ、ここのところ、疲れが溜まりやすくなったと感じます。年齢以外の原因としては、ストレス、他には生活習慣によるものが考えられます。ストレスは、年々大きくなるように感じます。何とか軽減できないものでしょうか…。生活習慣は、睡眠不足に、スマホやパソコンなどによる目の疲れが気になるところです。

こうして年々身体への負荷が大きくなってくるように感じますが、つい先日、そのような疲れを忘れ、次元というか世界観の異なる空間を体験することが出来ました。

・ある山中の古民家で

昨年12月中旬のことです。私は業務を兼ねて、ある地方の山中にある古民家を改修した宿泊施設を訪れました。

現地には夕方に到着しました。観光地の中にあるにもかかわらず、ひっそりした雰囲気でした。街自体がとてもひっそりしていましたが、それでもなぜか街の息吹を感じました。決して死んでおらず、むしろひっそりしていながらも街は確実に生命を保ち続け、翌日の太陽の陽が昇るまでそのエネルギーを確実に蓄えているようでした。静けさの中にも街の生命に霊験あらたかなものを感じ、こころが休まる思いがしました。

・魂の交流　～心を清める～

古民家の中に入ると、これまたご主人の独特の思想を感じました。言葉に表しにくいですが、五感に訴えてくるものを感じました。家の裏を流れる川のせせらぎ以外には何も音がしない静かな空間です。家の中にあるもの一つ一つにこだわりを感じ、五感に響き、それが私の魂の汚れを削ぎ落して、やがては癒しにつながるようでした。

もちろん、宿泊中はほとんどスマホをいじりませんでした。スマホをいじると世俗に戻ってしまい、心が疲れてしまうからです。「せめて今晩くらいは俗世間との関係を断ち切り、心を清めたい」そう思いました。霊験な雰囲気に身を置くと、魂が目覚め、不思議な別の世界と交流している気分になりました。

お風呂も、ロウソクの火を灯しながら、薪の木で焚いた柔らかなお湯につかって精神を鎮静化させます。魂の交流が生まれ、五感の交響曲が流れているようでした。

・その土地に本拠を置き、その土地から発信するということ

静かな話ばかりですが、他方で、食事はとても賑やかでした。宿泊者とご主人達が一つのテーブルを囲み、お話しに花が咲きます。やはり経営者が集まると、経営者同士、経営の話になります。もちろんそれは自分だけが儲ければいいという利己的なものではなく、我が社の持続的な繁栄、さらには日本のこと、世界のこと、ひいてはこの宇宙全体が幸せになるために我々に何ができるのか、そんな視点から話が盛り上がりました。

「宇宙全体の幸せ」というと話が大きくなりますが、広い意味でそれにつながるよう今の我々にできることは何でしょうか。今の自分達が商売している地域に本拠を置いていること、そしてその土地から日本全体に発信することがどういう意味をもっているのか、その価値の大きさを、我々地方に住む人間はもっと感じないといけないのではないでしょうか。その土地にしかない文化や風土を外部に発することで、その土地に根付いた魂が別の魂と交流します。そうすると、どこにもない、ここにしかない魂が誕生し、それは商売をする上でも、ここにしかない商品が誕生するのです。

オンリーワンの存在になるには、自分達がその土地に本拠を置き、生を与えられていることの有難さを感じることから始めるとよいのかも知れません。「言うのは簡単だけど、実際にやるのは難しいよ」とおっしゃる方もおられるかもしれません。それはその通りです。しかし、まずは「やろうと思うこと」、そこから始めないと何も生まれないのです。全ては「思うこと」、このことから始まります。

古民家での宿泊は一泊だけのものでしたが、「魂の浄化」ということに気付かせてくれた貴重な体験でした。

3、北の大地での発見　～自分の強みを知ること～（2015年12月）

今年の夏休みは家族を連れて北海道に行きました。南国系よりも北の雄大な大地の方が好きなこともあり、北海道はたびたび訪れます。

今回は羊蹄山の麓にあるリゾート地を訪れました。子供たちが遊ぶにはもってこいの場所のようで、3歳の息子は、今でもそこの園内マップを広げて、「これがメリーゴーランドで、ここのクマさんのレストランでいくらをいっぱい食べたよ」などと話してくれます。

バイキングのレストランでのことです。ここのリゾートは初めて訪れたのではなかったのですが、今年は「こんなにいたっけ?」というくらい外国人の方がたくさんいました。もちろん、「いくら」は底引き網漁のように根こそぎ持っていかれます。私も似たようなものですし(笑)、ここまでは想定内でした。

・蟹とメロンだけを山盛りに

しかし次に見た光景に私も妻も目が点になってしまいました…テーブルに大きなお皿を二つ置いて、一つにはズワイ蟹とタラバ蟹、とにかく蟹だけを山盛りに積み上げ、もう一つの皿には羊蹄山麓と夕張で採れたメロンをとにかく山盛りにして、とにかく蟹とメロンだけを食べておられる外国人の方を見かけたのです(汗)。バイキングですから、当然何をどれだけとろうが自由といえば自由なのでしょうが、蟹とメロンの他にも海鮮ものやジャガイモ、ジンギスカン、スープカレーなど北海道ならではのものはたくさんありましたから、蟹とメロンだけをひたすら食べる光景に面喰ってしまいました。「外国人って、自分の欲望にストレートだよな…」と異文化に触れて勉強させていただいた気分でした。

・小樽の天ぷら屋さんでのこと

この年の秋には小樽を訪れました。小樽に行くと、寿司屋の後に必ず寄ってしまう天ぷら屋があります（我ながら食べ過ぎです）。職人肌のご主人がやっている店です。

弁護士も料理人も同じく職人芸でやる職業であり、規模を大きくするには同じ悩みを抱えています。そんなこんなで話をしている時に、蟹とメロンだけを山盛りにしている外国人のことを思い出して話しました。そうすると、そのご主人は、「その人にとっては、それが北海道の魅力なんでしょうね。蟹とメロンさえ食べられれば他はど

冬の小樽運河

うでもよくて満足なのでしょ」と呟かれました。
実はこれって大事な視点ですよね。

・それさえ出来れば満足！

　私たちの生活でも同じことがあります。例えば私の場合、休日に自宅にいる時は、「とにかくゴルフの練習に行かせて欲しい。打ちっぱなしさえ出来れば満足で、あとは子守りでもなんでもする」とか、家内が米子に買い物に行くときは、「米子に行くなら、とにかく帰りに皆生温泉オーシャンに寄らせてよ。温泉に入れれば満足で、あとは買い物でも何でも付き合うから」という具合です。人間って、「とにかくこれさえ実現できれば満足。他は気にしない」という欲望というか、思考過程、行動パターンがありますよね。仕事でも、クライアントと紛争解決に向けて話し合いを重ねていると、クライアントによっては、「とにかく相手にこの条件さえ呑んでもらえたら後は譲るよ」というポイントがあったりして、そのクライアントの重視しているポイントが早く分かれば分かるほど紛争解決が早まることがあります。

人によって重視するポイントは違ったりしますが、そのポイントを掴めれば、人間関係や仕事が円滑に進むことになります。

「その人のヒットポイントを掴むこと」、それがビジネスにおいても人間関係においても大事になりますね。

4、外国人との交流　～外の世界をみる大切さ～（2017年2月）

毎年冬になると、私は、司法修習時代の友人と冬季合宿を行っております。朝から夕方までゴリゴリ本気でスキーをし、夜は弁護士業の未来像や事務所経営について語り合うというメニューで、かれこれ7、8年続いております。今年は長野県の野沢温泉スキー場で開催しました。

野沢温泉といえば、昔ながらの温泉情緒と極上の泉質、大山ホワイトリゾートの5～10倍くらいありそうなビッグなスキー場が魅力で、北海道のニセコと同じくらい多くの外国人が訪れてきます。特にオーストラリア人が多く、私は、リフトで彼らに話かけてみました。「オーストラリアにもいいスキー場があるのでは？」「ニセコ、野沢、MUCH　BETTER！」と満面の笑みで答えてくれ、彼らは新雪でフカフカのパウダーゾーンに消えていきました（ロープの向こうのコース外にです）。ご承知の通り、日本では若者がスキーをしなくなったためか日本人スキーヤーの多くは中高年です。むしろゲレンデの過半数はオーストラリア人などの外国人が占めています（今年は大山ですら西洋人がいてビックリしました）。彼らは北海道や長野のパウダースノーを求めて日本に大量にやってきます。

・外の世界をみる大切さ

このようにスキー場や旅館の顧客層は大きく変化していますが、受け入れる側の旅館等はこの変化に対応しているのでしょうか。私は、滞在中に女将さんらとたくさん触れ合わせていただきました。皆さんとても真面目で一生懸命に働いておられますが、何か一つパンチが足りません。お話しを聴いていると、日々の旅館での切り盛りでいっぱいで長野から外に出る余裕がないようでした。大きな時代の変化に対応するには、自分も外に出て行って、見識を広め、あるいは自ら同業者のサービスを受けて研究したりする時間が必要と思います。ハウステンボスの澤田社長も、旅の重要性を唱えておられますね。

実は私自身も、弁護士1人でやっていた頃は日々の業務に追われて外に出て行くことが難しいことがありました。しかし、だんだん弁護士や職員が増えてきて現場を任せられるようになってからは、外に出て、島根にいては出来ない経験や体験をたくさんすることができるようになりました。家内制の家族経営だと難しい面がありますが、野沢温泉の女将さん達も、「やる」と決めて、無理やりにでも時間を作って外の世界をみられるようになれば、さらに野沢温泉や日本の魅力がアップするのではないかと思いました。

・顧客に帰属意識を持ってもらうには？「ここじゃなきゃイヤだ！」

ところで、ビジネスで安定した経営をするには、顧客に「この分野のものはこの会社からしか買わない」という帰属意識を持ってもらうことが大切だと思います。その手段としては、①商品そのものに優位性があること、②利用頻度や購入金額が高い上得意客に特別感を味わってもらって囲い込みをすることが挙げられると思います。

私のような弁護士であれば、まずは商品力を磨くことを考えたいですが、そう簡単には商品力で差をつけられません。そこで、上得意客に特別感を味わってもらうことが必要になります。例えば、私は昨年62回も飛行機に乗ったおかげでANAの上級会員になりました。大量処理のためのシステム化されたサービスですが、一度味わうと手放せなくなり、JALに乗るのはANA便がない路線だけになりました。上級会員になってサービスを受けた途端ANAへの帰属意識が芽生えている自分がいます。

ゴルフ場でも、ちゃんとしたゴルフ場はメンバーさんの携帯番号を登録していて、こちらが電話をすればすぐに自分のことを認識してくれて気持ちがいいものです。他の要素もありますが、「大事な方のゴルフ接待はここだ」となります。野沢温泉であれば、極上の温泉とパウダースノーにビッグなスキー場で商品力があります。さらに常連客には、特別感を味わってもらって、「なんだか毎年野沢に行っちゃうんだよな」と思ってもらえるようになれば盤石の体制になります。そのためには、個々の職員の細やかな心遣いと特別感を味わってもらえるシステムが合わさるといいのでしょうね。

私も、皆さんから、「弁護士は井上さんとこじゃないと、ダメなんだよな。」と思っていただけるような存在であれるよう日々努力していこうと固く決意したのでありました。

第9章

子供の成長とともに

1、30年ぶりの霧島温泉（2014年10月）

・火山活動、家族～鹿児島の温泉を堪能

9月の三連休に、所属する温泉学会の霧島温泉大会に出席するため鹿児島へ行きました。連休なので、家族も同伴でした。

大会の会場となった霧島いわさきホテルは、実は、私が小学生の頃、家族旅行で行ったホテルで、約30年ぶりの「再会」でした。残念ながらホテルは一度倒産したこともあり、施設の老朽化は否めませんでしたが、火山性の硫黄泉がなみなみと注がれる霧島のお湯を堪能しました。入浴後、汗はあまり出ず、だけど芯から身体が温もり元気になる極上湯でした。自分が子供の頃家族旅行で連れて行ってもらった場所に、自分が親になって子供を連れていけたのは不思議な縁を感じました。

温泉学会のテーマは、「国立公園と温泉」でした。霧島は日本で最初に国立公園に

認定された地域なので、温泉と自然との関係を議論する絶好の場所だったようです。ところで、鹿児島県は、霧島や指宿など全国屈指の温泉県なのに、大分県などと比べて温泉県としての知名度が劣るそうです。それはなぜなのか?鹿児島では、銭湯ですら温泉が使われるなど、温泉が当たり前過ぎる存在で、外部に情報発信する動きが鈍かったそうです。

自分にとっては当たり前のことでも、他人にとっては新鮮な情報である。このことは、自分から外部に情報発信する上で、とても大切ですよね。

さて、翌日は霧島ホテルに移動しました。ここは、玉造温泉の旅館長楽園のような大きな浴槽に硫黄泉がなみなみと注がれる極上湯でした。実は今回の旅行では、小学1年生の上の子と一緒に、何度となく温泉に入れました。これまで、上の子は、私とはたまに一緒に入ってくれていましたが、入浴直前になると、「ママと一緒に入りたい～」と逃げ出すことが多かったんです(涙)。今回は「パパ～、一緒に温泉入るよ

〜」と何度も誘ってくれて、お父さん大喜びでした！

ちなみに、霧島ホテルの巨大浴槽は、深さが1・4メートルあるところもあり、私は足がつかない上の子をオンブして、亀の親子のように広い浴槽をまわりました。子供との楽しい思い出ができました。

2、10年ぶりに長崎へ（2016年9月）

わたくしごとで恐縮ですが、今年で結婚10周年になりました。10年前の10月に、家内と長崎旅行に行き、松江に帰ってきてその足で市役所に行って入籍しました。今でも昨日のことのようにおぼえています。そして今年は結婚10周年なので、夏休みは10年ぶりに家族で長崎を訪れることを計画していました。そうしていたところ、仕事で長崎に行く予定が出来てしまったので、うまく日程調整した結果、家族旅行の日程と

開業日当日の筆者夫妻。この時妻は臨月でした。

セットで長崎での仕事を入れることが出来ました。8月上旬の一番暑い時期でした。

先方が長崎市内に朝の11時までに来て欲しいとのことでしたので、松江を朝の3時に出発し、これまた10年前と同じく家内と二人で運転を交代しながら片道600キロを辿り着くことができました。600キロの移動中、夫婦の会話が続くか心配でしたが（笑）、子供達の要請で、海賊戦隊ゴーカイジャーや恋するフォーチュンクッキーなどの音楽を車内で流しながら、家族の会話がちゃんと続いて一安心でした。

・伊王島での海水浴　～魚ウオッチング～

無事に長崎市内での仕事を終えて、翌日は長崎市内から車で30分の伊王島に移動しました。すぐ近くに世界遺産「軍艦島」があり、伊王島もかつては炭鉱で栄えたそうですが、今はリゾート地です。伊王島での最大のイベントは海水浴です。

お恥ずかしながら、うちの小学校三年生の長女は、まだ泳げませんでした。だけど、今回は私と二人でそれぞれ浮き輪をしながら、全く足のつかない場所まで移動しました。私が海の中を覗くと小さい魚がいっぱいです。娘にそのことを伝えると、娘は何度となく海に顔をつけて魚を観察するのです。プールでは顔をつけられなかった娘が魚を見るために海に顔を平気でつけまくっているのです。娘にとって、何も考えずに魚みたさに自然にとった行動なのでしょう。松江に帰ってから市内のプールで娘と特訓すると、顔をつけることに抵抗がなくなったからでしょうか、5メートル以上ちゃんと泳げるようになっており、次は息継ぎを覚えれば25メートルを狙える感じで、パパ大感激でした。

全く予期しない、何気ないきっかけで人間って成長するのですね。親として子供の成長の瞬間に立ち会えてこの上ない幸せでした。

・夢の空間ハウステンボス

伊王島で海水浴を楽しんだ翌日はハウステンボスに移動しました。ハウステンボスには10年前も訪れていますが、10年前とは比べ物にならないくらいの夢の世界に変貌しておりました。10年前は、ガラガラでお花がいっぱいあり落ち着いてはいましたが、1日半いれば「もういいかな」という感じでしたが、今回は2日いても、「もうあと何日かいたいな。また来たいな」と思わせる空間でした。

ここでまた長女の話しですが、うちの娘は恥ずかしながら自転車に乗れませんでした。ハウステンボスでは、園内を自転車で周遊できるようにレンタルサイクルが充実

家族で訪れたハウステンボス

しており、４人同時に漕げる４人乗り自転車や、１台の自転車に前後に並んで２人で漕げる２人乗り自転車などファミリー向け自転車が充実しておりました。私以上に家内の方が長女の自転車に神経質になっていましたが、長女がハウステンボスの自転車に家族で乗りたいと懇願してきたので、４人乗りや２人乗りの自転車に乗ってハウステンボスを所狭しとばかりにたくさん周遊して回りました。これで自転車の感覚が掴めたのでしょう。松江に帰ってきて、あれだけ怖がっていた娘が近所をチャリンチャリンと運転できるようになったのです。今では、休日に私と近所を自転車で周遊してまわるのが楽しみになっております。

娘には早く自転車に乗れるようになって欲しかったですし、親も神経質になっていたところがありましたが、まさかハウステンボスがきっかけで乗れるようになるとは夢にも思いませんでした。ハウステンボスで自転車を漕いだのが「夢の空間」にならないよう、松江に帰ってからも心配しておりましたが、娘がチャレンジ精神を出して自転車に挑戦してくれたのもよかったと思います。

子供はこうやって大きくなっていくのですね。親が導いてあげつつ子供の成長を見守ってあげたいと思います。

あとがき

弁護士業務を行う中での所感・経営論に始まり、私の日常、家族の話、さらにはスポーツと人生など話題が多岐に渡る中、最後まで読んでいただきありがとうございました。

29歳で旧司法試験に合格し、弁護士という職業に就かせていただきもうすぐ20年になります。天気に例えれば、「雨の日も晴れの日も雪の日も曇りの日も、時にはあられの日も…」という感じで、人生における実に様々な場面に触れさせていただきました。その中で感じたのは、弁護士というのは単なる法律の専門家ではなく、クライアントの心身を整え世の中の幸せに寄与する仕事だということです。

「クライアントの心身を整える」

少し壮大なお話になってしまいますが、そのために必要なことは、

1. クライアントの真に求めていること、その幸せのために何が必要かを見分ける洞察力、感性を磨くこと
2. 人生の機微に触れて人間に対する理解を深めること
3. 清濁併せ呑む度量の広さを持つこと

だと考えております。法律知識をバックボーンにしながらも、上記のような人間性を備えて事に当たることが、「クライアントの心身を整える」ことにつながると思います。

最近はネット社会が進展し、人々の間で「自分と違う価値観を持つ者」に対する不寛容が広がっています。弁護士に限らず、あらゆる人々が、人生の機微に触れて人間に対する理解を深めること、清濁併せ呑む度量の広さを持つことが、他人に対する不寛容な社会を改善することにつながると思います。そのようなことを意識しながら、今回の書籍を執筆し編集しました。

ところで、本書のタイトルは、

ワンチャンスをものにする

です。チャンスはみんなに平等に訪れます。しかし、何事にも旬やタイミングがあり、決定的なチャンスは一回しか来ません。そのワンチャンスをものにできるかで願いが叶うかは決まります。そのためには日頃から準備を重ねアンテナを張り、「今がチャンスだ」と気づいたらそこに集中して事に当たることが大切になります。「今がチャンスだ」と気づく感度を高めるには、常日頃からそのことについて強い思いを持ち、準備を重ねていくことが必要になると思います。

私自身も、これまでの人生で後になってから、「あの時がワンチャンスだった…」と気づくことがあります。後で考えると、自分がそこまで強く思っていなかったり、あるいは自分の準備が整っていなかったために、「その瞬間」にチャンスが訪れたと気づかなかったのだと思います。

自分の成長度合いに応じて、チャンスをチャンスと思わなかったり、まさにチャンスだと気づいてそのチャンスに立ち向かえるかが分かれてきます。我々は人間ですから、全てを完璧にすることは出来ず、日々成長してその時々に応じて自分の目指すべき目標を達成していけばいいと思います。避けたいのは、本当は「こうしたい」という思いがあるのに中途半端な感じで決意が固まらず、そのため、準備も中途半端でチャンスを逃してしまうことです。いくら後悔しても後の祭りです。まさにワンチャンスで、それに気づいても今さら取り返しがつきません。

こう言われて、読者の方々は思い当たる節はありませんか。私自身は胸がズキズキ痛みます。だけど、これも人生です。こういう失敗を経験して、その失敗を活かして人間は成長していくのです。逆に言えば、失敗の経験を活かせない人は成長しにくくなると思います。

一度きりしかない人生、「ああしたい、こうしたい」という思いは明確に持ち、それに向かって一生懸命に努力することが大切で、その努力をせずに漫然と過ごしてしまうと、後悔しても後の祭りです。だからこそ、強い思いを持ち、それに向かって一生懸命に努力して精一杯生きていきたいですね。

末筆になりますが、本書の元となる事務所報の原稿を毎月読んでくださっていた顧問先企業の皆様、事務所の職員のみんな、日々私を支えてくれた家族、さらに本書の編集作業を担当してくださった㈱山陰中央新報社の福新大雄部長、杉原一成次長にはこの場を借りて厚く御礼申し上げます。

※なお、本書の表紙のイラストは、今年の4月に小学校5年生になる私の長男が、小学校3年生の時に作成した版画です。長男がのめり込んでいる島根県の伝統芸能・石見神楽のワンシーンです。スサノオノミコトがヤマタノオロチを退治しているシー

ンですね。長男は、私にはない繊細な感性の持ち主のようです。長女は、私が独立開業して2週間足らずの時に誕生しました。その長女も今年の4月から高校1年生になります。事務所名に娘の名前を取り入れようか悩んでいた頃が懐かしいです。子供たちとともに私も成長させてもらいました。間もなく子供たちは巣立っていくと思いますが、私は子供たちに負けないように努力を重ねていきたいと思います。

2023年3月　井上　晴夫

主要参考文献

『素直な心になるために』（松下幸之助　ＰＨＰ文庫）
『商売心得帖』（松下幸之助　ＰＨＰ文庫）
『経営心得帖』（松下幸之助　ＰＨＰ文庫）
『社長になる人に知っておいてほしいこと』（松下幸之助　ＰＨＰ研究所）
『運命を生かす』（松下幸之助　ＰＨＰ研究所）
『ありがとうを言えなくて』（野村克也　講談社）
『リーダー論』（野村克也　大和書房）
『星野佳路と考えるファミリービジネスマネジメント』（日経ＢＰ社）
『生き方』（稲盛和夫　サンマーク出版）

著者略歴

井上晴夫　いのうえ・はるお
弁護士。弁護士法人井上晴夫法律事務所代表。

１９７４年大阪府八尾市生まれ。慶應義塾大学経済学部卒業。２００６年弁護士登録（島根県弁護士会）。２００８年井上晴夫法律事務所開業。２０１１年島根県弁護士会副会長。２０１３年弁護士法人井上晴夫法律事務所に組織変更。

　得意分野は、経済学部卒業の経歴を活かした中小企業法務で、事業再生、事業承継をはじめ、企業側専門の労務問題、契約関係の問題など多岐に渡る。人口約66万人の島根県を本拠地としながらも、顧問先企業数は１２０社（２０２２年現在）を超える。高齢者にまつわる法律問題やスポーツ法務にも積極的に取り組んでいる。「誠実さ」を大切にしており、お客様に安心と元気、そして笑顔をご提供したいと考えている。

　主な著書に、「中小企業事業再生の手引き」（商事法務、共著）、「中小企業のための金融円滑化法出口対応の手引き」（商事法務、共著）、「通常再生の実務Ｑ＆Ａ」（金融法務事情、共著）、「超高齢社会におけるホームロイヤーマニュアル」（日本加除出版、共著）などがある。

ワンチャンスをものにする
～素直な心で強く思い続ける～

2023年４月６日　初版第１刷発行
2023年７月23日　第２刷発行

著　者／井上晴夫

発行所／株式会社山陰中央新報社
〒690-8668　島根県松江市殿町383
TEL 0852-32-3420（出版部）
FAX 0852-32-3535（同）

印　刷／有限会社高浜印刷

ISBN978-4-87903-257-7 C0095 ¥1500E